Note de l'auteur :

Je suis né la même année que Dan Brown, Albert Dupontel et Keanu Reeves ... Bon bref ! Inutile de chercher, ça ne vous avancerez à rien, il vous suffit juste de savoir que je n'ai ni la notoriété d'un Brown, ni l'humour noir d'Albert et que je n'ai jamais voyagé dans la Matrice, du moins pas avant d'avoir ingurgité une bonne bouteille de whisky de 12 ans d'âge.

Cette mise au point étant faite, sachez pourtant que j'écris depuis l'age de 16 ans, d'abord des textes de chansons puis des romans, de nombreuses nouvelles, un brulot ...

©2015, Éric Marie
Éditeur BoD : - Books on Demand,
12/14 rond-point des Champs Élysés, 75008 Paris
Impression : BoD – Books on Demand Allemagne

ISBN : 978-2-3220397-0-8
dépôt légal : octobre 2015

ÉRIC MARIE

J'AI ENFIN REÇU DE MES NOUVELLES

Illustrations Originales : Florian Barthée
Couvertures: Éric Marie

À PARAITRE :

Je ne suis pas Dexter Morgan
(POLAR)

Entéléchie, Rouflaquettes et Coulis de Framboises.
(TEXTES DE CHANSONS)
et commentaires

PARU chez B.o.D

Sauvons la Télé ... ou pas ?

Autre Collection

Les Vicissitudes de l'Homme Ordinaire en milieu hostile
(NOUVELLES)

+ INFOS :
http://eric-marie.wix.com/ericmarie

Hercule Poirot !!!
Mais qui pourrait donner un nom
aussi ridicule à un héros de roman ?
Qui plus est à un détective.
Et pourquoi pas Rouletabille
puisqu'on y est ?
Comment voulez-vous attirer
des lecteurs avec ça ?
Les gens sont d'une bêtise !

C'EST LA FAUTE À LA LUNE

1.
Un Rendez-vous manqué

La petite voiture verte s'immobilisa au pied d'un majestueux pin parasol comme pour chercher de l'ombre. Un simple réflexe du conducteur et une apparence trompeuse, car il était en fait, près d'une heure du matin. La nature étrangement calme semblait difficilement reprendre son souffle, après la chaleur écrasante de la journée. Vers midi, le thermomètre s'était acoquiné avec les 40° et la nuit sonnait comme une courte trêve, sous les yeux d'une pleine lune gonflée comme un poupon joufflu. Détail très important que cette lune entière, insidieuse lune et son halo de lumière agissant parfois sur les esprits comme un puissant sortilège. Si seulement ce soir là, la belle avait décidé de se voiler la face ou d'abandonner ses quartiers... et si, et si...

Sabine et Jérémy quittèrent le véhicule en silence. La prenant par la main, il l'entraîna jusque dans un petit bois de chêne où il avait ses habitudes. Arrivés aux pieds d'un épais bosquet de romarin, il l'invita à s'asseoir et l'attirant par la nuque, il l'embrassa tendrement.

Sabine portait ses 17 ans comme l'ingrat et insipide fardeau qui accompagne l'adolescence. Grande, blonde, ses immenses yeux verts lui donnaient un regard un peu naïf qui détonnait avec son sourire malicieux et désarmant. D'une timidité maladive, elle parlait peu et évitait soigneusement la compagnie des garçons qui invariablement lui tirait le rouge aux joues lorsqu'elle osait les examiner en face. En fait, elle avait peu d'amis et ne sortait qu'en de rares occasions, préférant l'intimité des romans d'amour avec leurs sempiternels héros aux allures d'éphèbes façon surfeurs hawaïens ou cover-boy de magazines.

Mais depuis une semaine, son corps tout entier était agité d'une curieuse effervescence. Elle, d'habitude si circonspecte, si sage, avait bien du mal à se reconnaître. Son miroir lui renvoyait l'image d'une de ces idiotes qu'elle détestait par-dessus tout, une gourde qui riait bruyamment et mal à propos, en se trémoussant comme activée par quelques mystérieuses décharges électriques. Son cœur souffrait d'arythmie — à la moindre sonnerie de téléphone, elle tremblait comme un lave-linge à l'essorage — elle mangeait peu et dormait encore moins.

Elle s'était même surprise à pleurer sans raison apparente. Une situation fort déroutante pour la jeune fille, mais la cause en était somme toute fort banale:

Elle avait rencontré Jérémy et en était amoureuse.

Cinq jours auparavant, alors qu'elle sommeillait sur la plage, sa seule activité se limitant à se retourner méthodiquement, afin d'éviter les morsures du soleil, un ballon, sortant de nulle part, vint la percuter en plein visage, envoyant balader ses lunettes et sa visière. Se relevant comme une furie pour dispenser sa colère et quelques grossièretés, si la situation l'exigeait, elle aperçut son visage, et ses mots restèrent bloqués dans sa gorge. Elle se contenta d'un sourire niaiseux et bredouilla quelques paroles incompréhensibles pour qui ne possède pas le code. Mais Jérémy semblait le connaître parfaitement. D'un geste expert, il écarta le sable sur sa joue cuisante et alors qu'elle avait toujours été réfractaire au moindre attouchement, elle demeura tétanisée, comme envoûtée et presque déçue lorsqu'il ôta sa main. Sans cesser de l'observer, il se confondit en de piètres excuses dignes du plus pathétique baratineur et elle en fut bouleversée. S'asseyant ensuite, sans y être invité, sur un minuscule coin de serviette, ils passèrent l'après-midi ensemble à roucouler. Le soir venu, ils flânèrent sur le port et pour être franc, ne se quittèrent plus ou presque, ne s'accordant que quelques heures de solitude pour s'abandonner à un sommeil agité. D'amicales, leurs relations se firent plus intimes et par cette splendide nuit d'été, Sabine avait décidé de franchir l'abîme qui la séquestré encore dans le monde de l'enfance. Sa résolution était ferme, irrévocable et sans appel. À ses yeux, elle allait enfin devenir une femme et avec un discernement tout relatif, elle savait qu'elle se préparait à perdre une chose qu'elle ne retrouverait jamais, même en cherchant bien.

Jérémy, quant à lui, n'en était pas à sa première conquête. Aidé par un physique avantageux, il arborait ses vingt ans avec insolence et une pointe d'arrogance. Toujours fringué à la mode, les cheveux au vent comme pour souligner son insouciance, un sourire en coin et le verbiage facile — le tombeur et le cauchemar de toutes les mères. Mais avec Sabine, les choses étaient toutes autres. Il était maladroit, une sorte d'empoté près pubère cherchant en vain une technique à adopter pour conquérir sa belle. Curieusement, il se sentait désarmé. Et ce soir tout particulièrement, il était nerveux, très nerveux,presque autant que Sabine qui paralysée par une légitime angoisse, respirait avec effort.

Il l'allongea avec précaution sur l'herbe sèche,

ôta sans peine son chemisier et alors que la passion montait peu à peu, il dégrafa son soutien-gorge pour admirer sa magnifique poitrine. Sabine ne respirait plus qu'en de rares occasions, se demandant si elle n'allait pas faire un malaise lorsqu'il poserait ses doigts sur le bout de ses seins qui, sans permission, pointaient leurs désirs avec exubérance. La lune brillait dans ses yeux et Jérémy l'embrassait avec fougue lorsqu'il s'aperçut qu'il avait oublié les préservatifs dans la voiture.

« Putain de merde ! » fit-il entre ses dents.

Habituellement ce n'était pas le genre de « détails » qu'il négligeait. Il les préparait même méticuleusement et en quantité suffisante pour approvisionner un régiment. La vanité n'est pas l'apanage de la jeunesse, mais à un tel niveau, ses prétentions frisaient le ridicule et n'ayons pas peur des mots, la connerie. Peut-être en prévision d'une pénurie qui paralyserait les deux prochaines années ? Qui peut savoir ?

« Qu'est-ce qui t'arrive ? le questionna-t-elle, surprise.

— Rien, rien, juste un petit contretemps. J'ai oublié les capotes dans la voiture. Deux secondes et je reviens. »

Franchement irrité, il l'embrassa avec maladresse et s'éloigna en courant, la laissant plantée à demi nue sous le ciel étoilé, au beau milieu de nulle part.

Jérémy avait à peine disparu au-delà du premier arbre qu'une branche sèche craqua juste derrière elle, à un mètre à peine. Sabine sursauta comme sous l'effet d'une piqûre d'insecte, lorsqu'une main sortant des bosquets lui effleura l'épaule et se saisit de son soutien-gorge. Elle hurla de toutes ses forces, un cri strident exhibant sa terreur, à faire se dresser les cheveux sur la tête, à qui eut pu l'entendre. Elle se leva d'un bond pour prendre la fuite et courut sans se retourner jusqu'à heurter Jérémy qui alerté par son appel, revenait à toutes jambes. Elle se blottit dans ses bras, secouée de spasmes et de violents tremblements, profondément choquée.

Grâce à la clarté généreuse dispensée par la lune, le garçon eut le temps d'apercevoir une silhouette blanche et décharnée qui s'enfuyait à grands pas. Une sorte de spectre, un fantôme portant capuche avec des bras démesurés, gesticulant comme des branches folles sous les assauts du vent. Le garçon pas très rassuré frissonna à son tour et entraîna sans attendre, la jeune fille jusqu'à la voiture. Sanglotant encore, Sabine avait oublié qu'elle avait les seins nus et les circonstances n'étant pas franchement favorables à la gaudriole, son preux chevalier lui offrit son tee-shirt.

Sa promise ayant retrouvé un brin de décence, il effectua un démarrage en trombe, laissant derrière eux un nuage de poussière opaque se disséminant lentement sur le chemin craquelé. Seul témoin de la scène, un gros lapin de garenne qui observait tout ce remue-ménage d'un œil contrarié et accusateur.

2.
Arwen

Grégorius Ptolamé n'arrivait pas à réaliser ce qu'il venait de faire. Son acte inconsidéré était véritablement insensé.

Pourquoi avoir pris de tels risques ?

Assis au volant de sa piteuse 4L fourgonnette bariolée de fleurs multicolores, il roulait à vive allure sur la route étroite qui le conduisait jusqu'à son petit mas.

« Avec l'âge je crois que je deviens complètement con ! » pensa-t-il.

Visiblement, il regrettait son geste de toute son âme. Pourtant, apercevant du coin de l'œil, le soutien-gorge posé sur le siège passager, il s'en saisit et presque machinalement, le porta jusqu'à ses narines. L'odeur suave de la jeune femme en était tout imprégnée, il inhala fortement et en fut comme enivré.

La nuit s'annonçait néanmoins sereine. Vers 22 heures, il avait revêtu sa longue tunique blanche, orné sa poitrine d'une splendide croix celte et préparé un grand sac de toile contenant sa serpe, un sécateur et quelques bocaux. Dans sa poche, il ne se séparait jamais d'une petite planche en bois de chêne où étaient gravées quelques runes. Assis devant sa porte, il observait Cassiopée et la Grande Ourse, à l'affût d'une étoile filante. La pleine lune était propice à la cueillette de toutes les plantes qui lui seraient nécessaires à la préparation de ses pommades et onguents. La fête de Lughnasad n'était plus qu'à quelques semaines et la salsepareille et l'aubépine lui faisaient cruellement défaut. La célébration coïncidait avec son anniversaire et le premier août, il aurait 50 ans.

Grégorius poussa un profond soupir en se remémorant quelque 20 années en arrière. Sa rencontre avec Arwen avait été déterminante, bien que le fruit d'un pur hasard. Alors qu'il était en vacances en Bretagne, il s'était retrouvé errant dans la forêt de Brocéliande, suite à un reportage sur les comtes et légendes, diffusé à la télé. Il avait marché plusieurs heures sans prendre de réels repères, se laissant transporter par la beauté et l'étrange magie des lieux. Passionné de nature et préférant la solitude à la promiscuité des villes, il souhaitait depuis fort longtemps, arpenter la mythique forêt. Sans doute dans le secret espoir d'y recouvrer une part de son enfance tandis qu'il passait des après-midi entiers, plongé dans la lecture des albums d'Astérix le fameux gaulois. Les choses se compliquèrent lorsqu'il décida de rejoindre sa voiture, car il se rendit vite à l'évidence : il était perdu.

Malgré la fatigue, il poursuivit ses recherches durant plusieurs heures. Tournant tantôt à droite, tantôt à gauche, croyant reconnaître un sentier ou un arbre, il aboutissait invariablement à son point de départ. Finalement vers minuit, les jambes tremblantes et à bout de force, il se résigna à passer le restant de la nuit, blotti contre un rocher. Attendre le levé du jour lui semblant la meilleure attitude à adopter, aussitôt les paupières closes, exténué, il sombra dans le sommeil.

Lorsqu'une main se posa sur son épaule et le secoua sans délicatesse, il crut défaillir. Sous ses yeux hagards se tenait Panoramix le Druide, en costume traditionnel, qui le dévisageait d'un regard sévère, la faucille en bandoulière. Dans l'état de demi-conscience où il se trouvait, il aurait acceptait alors, et sans trop rechigner, de voir débarquer Astérix et Obélix en personne, galopant après une cohorte de Romains belliqueux. Il jugea d'abord qu'il poursuivait un étrange rêve, mais écarquillant les yeux jusqu'à la démesure et le druide ne se décidant point à lui fausser compagnie, il envisagea les symptômes d'une folie qu'il espérait passagère.

L'effroi devait se lire sur son visage, car l'apparition à barbichette poivre et sel le rassura immédiatement en arborant un grand sourire amusé. Il se présenta avec humilité :

« Je m'appelle Arwen, druide tout à fait pacifiste et à voir la trouille qui déforme votre visage, je tiens à préciser que je ne suis pas là pour vous détrousser et ne vous veux aucun mal. »

Sa voix était grave et apaisante, dénuée de toutes animosités. Passés les premiers instants de stupeur, Grégorius sortit progressivement de son hébétude. Les deux hommes s'assirent en tailleur et entamèrent une discussion qui dura jusqu'à l'aube. Quelques rasades d'un soyeux élixir au génépi qu'avait concocté le druide les aidèrent à lutter contre la fraîcheur du petit jour. Il s'avéra qu'ils avaient une multitude de points communs et surtout le même respect presque outrancier de la nature. Enfin lorsque la clarté fut suffisante, il le raccompagna sur le chemin de sa voiture lui laissant son numéro de téléphone que Grégorius nota au dos d'un paquet de cigarettes. Puis se rabibochant avec l'étroitesse du quotidien, chacun retourna à ses occupations - Arwen à sa cueillette et Grégorius à une bonne sieste.

Deux semaines passèrent et Grégorius avait bien du mal à extirper de son esprit, les images de son extraordinaire rencontre. Il avait gardé, parfaitement visible sur la cheminée, le paquet de cigarettes vide portant le numéro de téléphone et sans en connaître les véritables raisons, il appela Arwen. Les deux hommes prirent rendez-vous pour le surlendemain et de ce nouveau tête-à-tête naquit une solide amitié. Arwen dévoila une partie des mystères qui l'entouraient, il était druide depuis près de dix ans, plus précisément, il était ovate.

À la différence des druides qui sont des prêtres, des enseignants et des théologiens, les ovates sont plus généralement des guérisseurs, des sourciers et des devins. Il avoua sans forfanterie que lors de la fameuse nuit, loin d'être surpris, leur confluence ne fut que la matérialisation d'une vision qu'il avait eue quelques jours auparavant. Bien que fasciné, Grégorius restait sur ses gardes, on voyait tellement de charlatans de nos jours. Mais au fil des mois, ses réticences s'émoussèrent peu à peu. Il avait beaucoup de sympathie pour cet homme et ses pratiques païennes, plus proche des cycles paisibles de la nature et qui évoquait parfois la réincarnation. Une palingénésie qui l'avait aidé jadis à faire passer la pilule amère d'une vie médiocre et d'un avenir incertain.

Aussi personne ne s'étonnera de retrouver Grégorius, un an plus tard se préparant à effectuer le rituel initiatique qui le lierait à jamais au « Grand collège Celtique de la forêt de chênes de Brocéliande. »

Grégorius les yeux bandés patientait depuis plus d'une heure au pied d'un dolmen. Malgré l'atmosphère surréaliste, il se sentait parfaitement calme presque serein. Selon Arwen : « N'allait-il pas vivre, un des moments les plus remarquables de sa vie ? »

Ses réflexions furent interrompues, car on vint lui retirer son voile. Sans grande surprise, il découvrit un néméton d'une cinquantaine de mètres de circonférence, avec un feu de branchages crépitant en son centre. Une vingtaine de druides se tenaient droits autour du cercle et au signal de l'un d'entre eux, un chant monta comme venu de la terre pour s'étendre et emplir la clairière. L'incantation dura plusieurs minutes dans une langue si étrangement belle que Grégorius en était subjugué. N'ayant eu qu'un vague aperçu du Celte et des Runes, il ne comprit pas un mot et ne saisit que plus tard l'importance de leurs significations. Il sut alors que les prêtres avaient invoqué la clémence de l'esprit du lieu et psalmodiaient les vœux sacrés.

Aussi soudainement qu'ils avaient commencé, les chants s'interrompirent et on l'entraîna par le bras jusqu'à la lisière du cercle, symbole du temps, de l'éternité et la terre. On lui demanda alors d'entrer dans le cercle par l'ouest incarnant l'eau, la purification et la vie éternelle. Grégorius désormais en proie à une curieuse béatitude, n'a gardé que des souvenirs assez flous des nombreuses étapes de la cérémonie. Il sait aujourd'hui et avec certitude que le rituel est un instant où l'on prend le temps d'être hors du temps et hors de l'espace. Les polyphonies et les prières s'enchaînèrent donc, dans un ordre immuable, mais plus aucun son ne semblait parvenir jusqu'à ses oreilles. Il eut conscience d'une intense chaleur lors de l'imposition des mains, puis une éternité plus tard, il devina que les druides remerciaient les quatre directions.

l'Est : l'air — le Sud : le feu — l'Ouest : l'eau et le Nord : la terre.

Agissant comme sous l'empire d'un puissant narcoleptique, il quitta enfin le cercle qui fut ainsi refermé. Grégorius titubait et on l'aida à s'asseoir, le rituel touchait à sa fin. Restait un détail, certes sans grande importance, Grégorius avant d'être Druide ou Ovate, se prénommait Gérard. Et cette nuit-là, il changea d'identité. Il y a si longtemps, 20 ans déjà, qu'il s'en souvenait à peine. À l'évocation de son ancien nom, il sourit.

Une grosse berline qu'il croisa et qui roulait pleins phares le ramena sans complaisance à la réalité. Il donna un violent coup de volant qui déplut fortement à la vieille 4L qui eut bien du mal à rester sur la chaussée.

« Voilà que je m'endors en conduisant ! Putain, c'est de mieux en mieux » lança-t-il à haute voix.

Puis constatant qu'il tenait toujours le soutien-gorge dans sa main droite, il se remémora l'épisode.

Grégorius poursuivit sa route encore quelques centaines de mètres afin de quitter le petit village qu'il traversait, puis par la vitre grande ouverte, il balança le sous-vêtement qui décolla comme une montgolfière.

« Ciao bello » gueula-t-il sans retenue.

L'incident était clos, ou tout du moins le croyait-il.

3.
Brigadier-chef Delarue

Il était tout juste 2 heures, lorsque Sabine et Jérémy tambourinèrent à la porte de l'atypique poste de gendarmerie. Le brigadier-chef Delarue dormait profondément dans l'archaïque deux-pièces situé à l'étage de la curieuse bâtisse. Difficile de faire abstraction sur le fait que l'endroit servait il y a encore peu de couche à quelques cochons, porcs et autres truies. Restauré à moindres frais, l'ensemble gardait un aspect grégaire qui prêtait à sourire et qui ôtait toute crédibilité à ses deux représentants de l'ordre.

Delarue se releva péniblement en se frottant les yeux et resta quelques secondes assis sur son grand lit en fer blanc. Il n'était pas franchement ravi qu'on coupe court à un sublime rêve où il s'apprêtait à embrasser Monica Belucci. Alors que le martèlement se poursuivait sans discontinuité, il enfila ses pantoufles et traîna sa grande carcasse jusqu'à la fenêtre. D'un coup de poing, il ouvrit le volet revêche qui couina de protestation et aperçut les deux jeunes gens qui de conserve levèrent la tête.

« Mouais ! c'est pour quoi ? lâcha-t-il d'une voix éraillée, rappelant le curieux mélange entre un portail rouillé et un pneu sur du gravier.

— Excusez-nous de vous déranger si tard, mais on a quelque chose d'important à vous signaler. Ma copine en est toute retournée et elle ne pourra pas dormir tant qu'elle ne vous aura pas raconté toute l'histoire.

— O.K ! c'est bon je descends. Deux petites minutes, j'enfile un pantalon et je vous ouvre. »

Delarue observa son reflet dans le miroir de la salle de bain : il était fatigué. Une profonde lassitude l'avait submergé, il y a de cela quelques mois, lassitude dont il avait bien du mal à se départir. À vrai dire et tout simplement, comme d'autres meurent de chagrin, il mourait d'ennui.

Âgé de 33 ans et en bonne forme physique, il était en poste dans le petit village depuis 5 ans et le problème pour lui, c'est qu'il ne s'y passait jamais rien.

Si, soyons honnête, une altercation à propos d'un mur mitoyen la semaine précédente et une insolation sur la personne d'un vieillard de 90 ans qui s'était endormi au soleil et qui avait nécessité l'intervention des pompiers. Tout un programme !

Aussi, ressentit-il une légitime excitation par le fait, bien insolite, de se voir réveiller en pleine nuit par les deux jeunes gens. Ragaillardi, il descendit les escaliers quatre à quatre et fit jouer la clef dans l'énorme serrure qui condamnait l'entrée. Sabine et Jérémy s'excusèrent une fois de plus et Delarue les invita à passer dans l'unique bureau. D'un geste machinal il activa la cafetière poussive et crachotante qu'il avait, comme à son habitude préparée la veille. De toute évidence la nuit était foutue et il aurait bien besoin de sa dose d'excitants, s'il ne voulait pas finir vautré sur le canapé, sur les coups de 13 heures, luttant obstinément dans un combat perdu d'avance pour garder les yeux ouverts.

Il observa longuement les visages du gentil couple et manifestement, la jeune fille avait pleuré. Le garçon paraissait plus détendu et plus sûr de lui, aussi ne fut-il point surpris qu'il prenne la parole en premier. Jérémy raconta l'incident avec précision qui n'aurait pu rester qu'une insignifiante anecdote, s'il ne s'entourait d'une connotation sexuelle que Delarue ne pouvait négliger. Sabine rajouta quelques détails pour parfaire la description de l'homme, du spectre ou du pervers vêtu de blanc - elle avait senti une odeur bizarre lorsqu'il était tout proche - odeur qu'elle n'avait pas reconnu. Tout était allé si vite et elle avait eu si peur.

Notre gendarme les écouta avec la plus grande attention, griffonnant au passage, quelques mots sur un calepin vierge. Constatant qu'ils n'avaient plus rien à joindre, il quitta son fauteuil et marchant de long en large dans la pièce, il marmonna presque pour lui même :

« Une bien étrange histoire pour notre village de 1375 habitants. Vous avez bien fait de venir me trouver immédiatement. La rapidité est primordiale dans ce genre d'affaires. »

Enfin, croisant la pendule du regard, il intima Jérémy à raccompagner la jeune fille afin qu'ils prennent tous deux, quelques heures de repos. Dans la matinée, les idées plus claires, ils pourraient repasser pour signer leur plainte et le cas échéant, ajouter un détail qu'ils auraient pu omettre de signaler.

Les jeunes gens se levèrent en silence, Sabine semblait à bout de nerfs. Delarue leur serra la main et les escorta de façon paternaliste jusque dans la rue où déjà on percevait l'aube naissante.

Notre brigadier referma doucement la porte, se resservit un café qu'il posa négligemment sur son bureau et se frotta vivement les mains. Si la décence n'avait pas retenu son enthousiasme, à coup sûr, il aurait exécuté quelques pas de danse pour exprimer sa joie. Puis se concentrant sur ses notes, son front se crispa :

« Ouais, ouais, ouais » fit-il en s'illuminant d'un grand sourire. Delarue avait déjà sa petite idée.

4.
Spartacus, Marcel et le soutien-gorge

Marcel, depuis qu'il était à la retraite, ne dormait quasiment plus. Ses insomnies étaient apparues à la mort de sa femme, il y avait près de 3 ans déjà. Comme tous les perturbés du sommeil, dès 21 heures, il ronflait comme un sagouin devant son poste de télé, clignait d'un œil pendant la pub et rampait jusqu'à son lit, vers minuit, en maugréant. Résultat des courses : il était debout tous les jours vers 5 heures du matin.

Marcel termina son bol de café et jeta une biscotte au chien qui poursuivait sa nuit, allongé à ses pieds, sous la table. Ouvrant la porte d'entrée qu'il ne se donnait plus la peine de fermer à clef, il enfila une veste en laine ou plus justement une guenille outrageusement dévorée par les mites et qui fêterait bientôt son trentième anniversaire. La nuit était claire et l'aube serait fraîche. Le corniaud qui ne le lâchait pas d'une semelle, l'accompagna au-dehors et en profita pour pisser sur la roue de sa vielle 504.

« T'es vraiment con mon ami !!! Avec toute la

place que t'as, tous les jours c'est la même rengaine, il faut que tu me farcisses les roues. »

Puis s'asseyant sur un banc, Marcel s'appliqua à rouler une cigarette. Son premier plaisir du matin, un tabac brun, riche et puissant qu'il concoctait lui-même grâce à quelques pieds qu'il entretenait religieusement au fond du jardin. Goûtant sans modération à ces instants de bien-être, avant les assauts du soleil, il observait la pleine lune.

« C'est le bon moment pour ramasser les premières tomates et les artichauts » fit-il, s'adressant au chien revenu se poster entre ses jambes.

Jetant son mégot, il se dirigea aussitôt vers son sanctuaire, le Saint des Saints : Son Potager.

Sa passion pour le jardinage lui était apparue comme une révélation, en même temps que ses insomnies. Alors depuis, il plantait toutes sortes de choses et passait sa vie entre les salades, les pommes de terre et les concombres à qui il accordait bien volontiers un brin de causette.

« Au moins eux, ils s'abstiennent de nous farcir les oreilles de conneries » lançait-il parfois aux abrutis qui le raillaient, l'apercevant en plein monologue.

Tout ce qui pousse et qui se mange, il l'avait essayé, et aux dires de tous ses voisins qui s'escrimaient comme lui, mais pour un misérable résultat : il avait fichtrement la main verte. Marcel, au passage, mit en marche l'arrosage. Un goutte-à-goutte indispensable qui aiderait ses petits protégés à supporter la canicule des premières heures de l'après-midi. Il se saisit d'un panier en osier et activa le pas, vers la rangée de plants de tomates situés au bord de la petite route, bien à l'abri du vent, derrière des canisses. Le regard de Marcel fut immédiatement attiré par un objet insolite qui pendouillait, accroché à une canne qui servait de tuteur. Quelle ne fut pas sa surprise lorsqu'en s'approchant, il découvrit un magnifique soutien-gorge. Pendant quelques secondes, il resta perplexe, puis la main tremblante il décrocha le sous-vêtement avec précaution.

« Tu mets des soutiens-gorge maintenant ? » lança-t-il, en se tournant vers le chien.

À petits pas, il s'en retourna vers la maison pour observer cette bizarrerie, à la lumière. Un bien joli soutien-gorge orné de dentelles et pour une belle poitrine pensa-t-il, tout en se servant un petit verre de niôle. Des années qu'il n'avait pas touché de lingerie féminine et de cette sorte, jamais de sa vie. Il avait fallu qu'il attende ses 68 ans pour découvrir un tel apparat. En souriant, il se remémora Yvette sa femme, elle aurait rougi rien qu'en voyant la chose. Il faut dire qu'elle n'était pas très portée sur la bagatelle et de surcroît, un tantinet bigote, ce qui la conduisait à entrevoir le diable partout. Marcel tripota encore quelques instants la fine dentelle mêlée de soie puis avec résolution déposa l'objet de concupiscence dans la poubelle. Il referma vigoureusement le sac plastique prêt à exploser et le transporta jusqu'au bord de la route, toujours suivi du chien qui reniflait le paquet avec un vif intérêt. Dans une heure, les éboueurs passeraient et l'on pourrait dire adieu, à notre joli soutien-gorge. En théorie oui, mais le destin beaucoup plus facétieux en avait décidé autrement.

À 500 mètres de là, à peine, Spartacus gambadait fièrement le long de la départementale, le museau en alerte et l'oreille attentive. Dans la journée, il avait flairé une femelle en chaleur, à la sortie du village, aussi avait-il décidé sans attendre de lui présenter ses hommages et plus, même s'il n'y avait pas affinité. Spartacus, splendide bâtard de quarante et quelques kilos, ne rechignait pas cependant à éventrer quelques poubelles sur son passage, histoire de s'amuser un peu et de calmer son insatiable appétit. Pour l'instant, il n'avait débusqué qu'une misérable tête de poisson et quelques morceaux de pain rassis, une bien maigre pitance pour un fin gourmet de son acabit.

Sa passion, car il en avait une, c'était de ramener jusqu'à sa niche, toutes sortes d'objets hétéroclites qu'il collectait çà et là, puis qu'il s'appliquait par la suite à mettre en lambeaux, durant les longs après-midi où il restait attaché à sa chaîne. Ses maîtres furieux avaient beau dire et beau faire, Spartacus s'en souciait peu. De la pantoufle trouée, à l'emballage en polystyrène qui avait sa préférence, rien ne le rebutait.

Arrivé près de la boite à lettres de Marcel, il huma une forte odeur de viande qui le fit saliver copieusement. D'un coup de patte expert, il lacéra le dérisoire plastique et le contenu de la poubelle s'étala sur le chemin. Il repéra aussitôt l'origine du doux fumet : des restes de raviolis dans un fond de boite, du gras de jambon et deux côtelettes de porc succinctement mordillées.

Avec voracité, il engloutit l'ensemble, broyant les os à l'instar d'une presse, ne s'accordant qu'une courte pause pour bien vérifier qu'il avait récuré la totalité de la boite. La chose étant faite, il s'apprêtait à repartir lorsqu'il aperçut une sorte de chiffon posée entre ses pattes. Par nature extrêmement curieux, il le renifla longuement et l'odeur de femelle lui plut immédiatement. N'ayant plus rien à grignoter, il s'en saisit et voilà notre soutien-gorge baladeur s'en allant faire un tour jusqu'à la niche de Spartacus.

Vingt minutes plus tard, de retour à sa modeste cabane, la bête dormait sagement et gisait près de sa gueule, le pigeonnant voyageur.

5.
Un détail original

A mour : Vous ferez une rencontre inattendue, laissez vous séduire par ce cœur à prendre.
Santé : Envisagez quelques jours de repos, vous en avez bien besoin, il faut éviter le surmenage.
Travail : Vos projets sont contrariés par la mauvaise influence de la lune, pour les natifs du premier décan. Reportez vos intentions à plus tard...

« Je me demande pourquoi je m'obstine à lire ces conneries », maugréa Delarue en balançant le journal au travers de la pièce.

Très tôt dans la matinée, il s'était rendu sur les lieux du délit, un endroit qu'il connaissait comme sa poche pour l'avoir parcouru des dizaines de fois, à la recherche de maigrelettes asperges capables de transcender une simple omelette en un plat divin. Il avait trouvé sans trop de peine, le mignon bosquet de romarins où Sabine et Jérémy s'apprêtaient à passer une nuit torride, et y avait relevé de nombreux indices. Des branches cassées, des traces de pas et surtout un bocal contenant entre autres, un mélange de pèbre d'ase et de fenouil.

En suivant le sentier qui zigzaguait entre les arbres, il s'était retrouvé dans une petite clairière peu fréquentée, hors période de chasse, et que seuls les gens du coin pouvaient connaître. Des marques omniprésentes de pneus zébraient une fine poudre blanche et s'éloignaient vers la route. Il avait en sa possession quelques éléments, maintenant il lui fallait réfléchir. Le plus énigmatique était le bocal d'aromates récemment coupés. Peut-être un herboriste noctambule ? pensait-il lorsque la porte s'ouvrit. Il reconnut les deux jeunes gens et les accueillit avec un grand sourire.

Le teint pâle, les yeux cernés, Sabine avait de toute évidence mal digéré l'incident de la nuit dernière. Jérémy, quant à lui, était frais et dispos, peu affecté par la mésaventure, il était visiblement prêt à poursuivre ses activités balnéaires. Alors que Delarue parcourait une fois de plus la déclaration du gentil couple, Sabine prit la parole d'une voix ferme et claire qui le surprit et où il crut percevoir comme une pointe de colère. La Belle n'était pas disposer à pardonner à l'abruti qui lui avait gâté sa soirée.

« Monsieur, fit-elle, je ne sais pas si ça peut avoir un quelconque intérêt pour vous, mais je crois devoir vous préciser que mon prénom était brodé sur le soutien-gorge. C'est un cadeau, vous comprenez ? Ma sœur y avait passé un temps fou, pour mêler chaque lettre avec des papillons et des libellules, ce qui rendait les lettres presque invisibles. Un truc personnalisé, un délire de couturière, enfin vous voyez ?

— Très, très intéressant ! s'exclama Delarue.

— Ah bon ? Et pourquoi ?

— Parce que vous êtes en train de me dire que c'est une pièce unique et que si par le plus grand des hasards nous mettions la main dessus, nous n'aurions aucun problème pour confondre notre voleur.

— Je vois, fit-elle, ayant retrouvé sa voix de petite fille. »

La plainte dûment signée, le couple se leva et Delarue les raccompagna jusqu'à la porte. Le soleil était maintenant à son zénith et la chaleur qui ne se gêna pas pour entrer en traître, les laissa figés pendant quelques secondes.

« Ces vieilles baraques ont au moins un avantage, elles gardent sacrément bien la fraîcheur », pensa Delarue tout en refermant la porte.

6.
Nicolas, Bérutier, Holmes et le 90B

Le petit Nicolas était franchement en retard. Le bus qui l'emmenait au collège passait dans une dizaine de minutes et il était tout juste habillé. Il fit une croix sur la salle de bain, avala une gorgée de jus d'orange, grimaça, attrapa son sac en lambeaux ne contenant qu'une trousse et quelques feuilles blanches et lança à sa mère un très minimaliste:

« Ciao, man. à ce soir ! »

L'année scolaire touchait à sa fin, elle n'avait plus qu'une semaine à vivre. Nicolas était en cinquième et pas ce que l'on pouvait appeler : un bon élève. Il flirtait péniblement avec la moyenne et ne faisait aucun effort, au grand désespoir de ses parents qui avaient dû se montrer très persuasifs avec ses professeurs pour lui éviter un punitif redoublement qui semblait quasi inéluctable. Fier de ses treize ans et des poussières, Nicolas ne s'intéressait qu'à deux seules choses qui lui paraissaient essentielles : Son ordinateur qui ronronnait en permanence dans sa chambre et ces étranges créatures qui se promènent court-vêtus et vous lancent des sourires désarmants, bien entendu, je veux parler des filles.

Bien que très jeune, une curieuse bête le démangeait, surtout lorsqu'il croisait Jessica, une petite brunette qui précocement ne manquait pas de poitrine. Comment aurait-il pu se concentrer sur des trucs aussi débiles que l'histoire ou les mathématiques, alors que parfois assise à ses cotés, elle lui effleurait la main, sous le prétexte fallacieux de lui emprunter un stylo ou une règle ?

Allons ! soyons sérieux.

Nicolas quitta la maison en claquant la porte et au pas de course traversa le jardin pour aller tapoter son chien. Une sorte de rituel, tous les matins, il ne manquait jamais de venir lui grattouiller les oreilles. Spartacus adorait ça. Le clébard encore endormi après sa virée nocturne remua vivement la queue lorsqu'il reconnut l'enfant et aussitôt à sa portée, il lui englua copieusement le visage de bave.

« Comment ça va belle bête ? j'ai pas le temps de te grattouiller aujourd'hui, je suis à la bourre. »

Et tournant la tête pour repartir, ses yeux tombèrent sur le fameux soutien-gorge. Ne faisant ni une, ni deux, Nicolas se saisit de la curiosité et la fourra dans son sac. Il aurait tout le temps nécessaire à la réflexion pendant le trajet en bus. Très inconfortablement assis à l'arrière de l'engin bringuebalant, notre opportuniste osa un coup d'œil furtif sur son étrange acquisition. Il la palpa délicatement en prenant soin de ne point être vu, puis pensant à sa Jessica, il fut submergé par un flot d'images libidineuses qui le fit rougir jusqu'aux oreilles. Le bus était déjà stationné devant le collège, qu'il ne s'était rendu compte de rien.

« On s'est téléporté ou quoi ? », pensa-t-il en quittant sa place presque à regret.

Lorsqu'il retrouva Fabien sous le préau, son ami et complice dans toutes les couillonnades et cela depuis la maternelle, la cloche inique retentissait annonçant le commencement des cours et du calvaire.

— Tu devineras jamais ce que j'ai dans mon sac.

— Pourquoi ? Qu'est ce que t'as, un flingue ?

— Mieux que ça. J'ai un putain de beau soutien-gorge ; un truc de cochonne, rouge en dentelles.

— Qu'est ce que tu mouftes ? Tu l'as volé à ta mère ?

— Ha ha ! Très drôle ! Non sans déconner c'est un sous tif pour les gros nichons. Je te le montrerai tout à l'heure.

— Messieurs, mesdemoiselles, là-bas, un peu de silence s'il vous plaît. Vous raconterez votre vie pendant la récréation. Allez ! reprenez vos places. »

Monsieur Bérutier, 30 ans, professeur de Français et fier de l'être, vint mettre un terme au sempiternel brouhaha accompagnant les interclasses. Nicolas et Fabien s'installèrent tout au fond de la grande salle, fidèle à leur réputation de mauvais élèves et de perturbateurs. Les deux compères n'étaient pas les derniers pour la rigolade, aussi pour avoir le calme, les avait-on relégués le plus loin possible des meilleurs éléments. Chacun y trouvait son compte et comme disait Fabien : « au moins, ils nous lâchent la grappe ! »

L'ambiance était détendue et on pouvait sentir le parfum volage des vacances à plein nez. Aussi, Bérutier avait prévu d'occuper l'heure à la lecture du « Signe des quatre » de Conan Doyle, espérant attirer l'attention du plus grand nombre. La première phrase n'était pas encore terminée que Fabien en fin connaisseur, délivrait déjà une opinion péremptoire.

« C'est Sherlock Holmes, putain ! On s'en fiche complètement, ça passe tous les jours à la télé. Je te résume. C'est deux vieux avec une pipe à la bouche qui font que parler, y'a pas d'action, rien, c'est archinul. Allez fait voir le soutien-gorge. »

Nicolas prit son sac sur les genoux et doucement fit glisser la fermeture éclair alors qu'au même moment, Watson boutonnait sa veste pour quitter le 221B Baker street.

— Sors le du sac bordel, j'y vois rien !

— Déconne pas, tu le vois très bien comme ça.

— Je le crois pas ! T'as la frousse ou quoi ? Passe-moi le sac, dégonflé !

— Laisse tomber Fab. ! tu le sortiras à la récré.

Et bien évidemment l'inévitable se produisit. Tirant sur le sac chacun de leur côté, Nicolas chuta bruyamment de sa chaise et le soutien-gorge, qui ne tenait décidément pas en place, se retrouva dans l'allée au milieu des tables. Ce fut l'hilarité générale et quand Nicolas vit ce qu'il ne savait pas encore être un 90 bonnet B, il changea de couleur.

Bérutier s'en étrangla, hurla, bégaya et enfin récupéra le dessous pernicieux qu'il rangea dans sa mallette, bien à l'abri des regards.

Après avoir fait cesser les ricanements et rédigé une longue note aux parents, il envoya l'agitateur, réfléchir en permanence sur la gravité de sa conduite. À dire vrai, Bérutier était presque amusé par l'incident et il voulait éviter l'inutilité d'un renvoi à quelques jours de la fin des cours. D'abord parce que Nicolas avait suffisamment de problèmes comme cela et que malgré ses résultats justes passables, il l'aimait bien. C'était un enfant vif, intelligent et peut-être un peu trop précoce. Aussi décida-t-il de ne pas en informer le proviseur - la page étant tournée, il continua la sienne.

« Mais, mon cher Holmes, ne parliez-vous pas il y a un bref instant d'observations et de déductions… »

7.
Degemer Mat

Le brigadier-chef Delarue continuait son enquête, car soyons franc, elle améliorait son ordinaire et il en avait bien besoin pour dérider son esprit léthargique. Mais ses chances d'aboutir à un quelconque résultat étaient proches de zéro et il en était tout à fait conscient.

Cependant deux détails le chiffonnaient et méritaient que l'on poursuive plus loin les investigations.

Primo : D'après la description, l'homme en blanc semblait travesti ou portait un attifage peu conventionnel pour des ruraux de nature pas très enclins aux extravagances d'un carnaval, nocturne de surcroît.

Secundo : Si le bocal récupéré sur les lieux lui appartenait, il avait de bonnes connaissances en herboristerie, car les aromates récoltés ne poussaient qu'en de très rares endroits, ce qui éliminait d'entrée de jeu, le fait du hasard. Peu de personnes, nonobstant quelques anciens, utilisaient encore le pèbre d'ase pour ses vertus digestives et surtout antiseptiques. Cherchant sur internet avec ces maigres éléments, il était tombé sur une piste, surréaliste certes, mais pour le coup extrêmement intéressante : Les Druides.

Son collègue, un vieux de la vieille avait frisé l'incontinence, il avait hurlé de rire, mais son avis importait peu, c'était un abruti qui avait au moins l'ouverture d'esprit d'un Dominicain pendant l'inquisition. Il était brave, voilà tout.

Peaufinant ses recherches et à sa grande stupéfaction, il avait localisé deux de ces gugusses dans le département qui se qualifiaient de guérisseurs et vendaient, entre autres choses, des herbes médicinales. Et pour couronner le tout, là où les bras lui en tombèrent, c'est qu'il y avait un druide dans la commue voisine, à vingt kilomètres à peine, un certain Gérard Anselme qui selon ses sources, se faisait appeler Grégorius Ptolamé. C'était tout bonnement hallucinant. Il avait eu son adresse et quelques renseignements par un confrère de la gendarmerie de Fréjus qui connaissait bien l'énergumène. Pour l'heure, il était en route pour lui rendre comme qui dirait : « une petite visite de courtoisie ».

Delarue gara la fourgonnette dans la cour encombrée de poules, de canards et de quelques oies, puis signala sa présence d'un bon coup de Klaxon. Grégorius en Jeans et Baskets apparut aussitôt sur le pas de la porte où l'on pouvait lire ornant le fronton :

Degemer Mat

Difficile de dire lequel des deux hommes fut le plus surpris. Delarue s'attendait à voir débouler un rigolo encapuchonné et Grégorius avait cru reconnaître le facteur apportant un paquet.

« Je peux vous poser quelques questions ? Lança Delarue sans s'éterniser.

Le druide dévisagea un instant l'homme en uniforme puis s'efforçant de garder son calme, il l'invita à entrer dans la cuisine. La pièce était grande et sombre, encombrée d'une ribambelle de bocaux, de pots, de marmites et bien d'autres ustensiles dont Delarue méconnaissait la fonction. Mais outre le désordre, c'est l'odeur qui l'incommoda dès qu'il franchit la porte. Des relents qu'il avait de la peine à définir, une curieuse association d'encens et de soufre, de naphtaline et de vieilles pierres, de champignons et de chanvre.

— Je prépare une pommade apaisante contre les brûlures et les coups de soleil, lança Grégorius qui n'avait pu ignorer l'expression sur son visage. C'est le moment ou jamais, vous ne croyez pas ?

— Euh, oui ! le soleil s'en donne vraiment à cœur joie... et ça marche les affaires ?

— Je n'ai pas à me plaindre, mais si vous me disiez ce qui vous amène ?

— J'ai cru comprendre que vous étiez... Druide ?

— En effet, je n'en fais pas un secret. Vous pouvez le voir marqué en toutes lettres sur l'ensemble de mes préparations. Je vends sur les marchés et j'ai une clientèle fidèle. Nous sommes les gardiens de recettes ancestrales uniquement basées sur les vertus médicinales des plantes. Le seul mystère réside dans la connaissance et le savoir-faire.

— Mais pourquoi druide et pas herboriste ? C'est plutôt... curieux non ?

— Pas plus que la Franc-maçonnerie ou la Scientologie ou la sophrologie ou tout ce que vous voudrez. Au moins nous, nous évitons le tapage et la publicité. Nous n'avons pas besoin de ça pour exister.

Grégorius avait marqué un point, il serait dur à déstabiliser et rien ne prouvait qu'il eut un rapport quelconque avec l'histoire du soutien-gorge. Delarue sortit le petit bocal de sa poche, son seul indice et observa l'homme attentivement.

— Vous reconnaissez ceci ?

Le druide n'hésita qu'une seconde en pensant : « Merde ! où il a déniché ça ? »

— Non ! c'est un bocal comme on en trouve

partout dans le commerce. Du pèbre d'aî, du fenouil et deux trois bricoles. Pourquoi, vous avez des verrues ?

— Pas encore, mais personne n'est à l'abri.

— Si un jour, vous avez ce genre de désagréments, repassez me voir. J'ai un onguent formidable.

— Merci à vous... Une dernière question et je ne vous ennuierai pas davantage. Que faisiez-vous dans la nuit de jeudi à vendredi, vers une heure du matin ?

— Je dormais paisiblement ! Quelle question, que peut-on faire d'autre ?

— Oh tellement de choses !

Delarue se leva d'un bond, il savait qu'il n'obtiendrait rien de cet homme. Le druide était bien trop malin pour tomber dans un piège minable. Il regagna la camionnette avec un goût amer dans la bouche et le sentiment qu'il lui cachait quelque chose. Évitant la volaille, le véhicule s'éloigna doucement.

L'enquêteur, le regard sombre, retournait à ses insignifiantes querelles de clocher. Comment aurait-il pu se douter qu'une des armoires de ce cher Grégorius regorgeât de soutiens-gorge. De toutes les sortes et de toutes les tailles, car notre homme aux multiples facettes était de surcroît un tantinet fétichiste. Sa collection comportait plus d'une centaine de pièces qu'il ne rechignait pas à essayer de temps à autre, lorsque son humeur de célibataire endurci sombrait dans les méandres de la solitude. Un bon point pourtant pour le drôle d'oiseau ; il n'avait rien volé jusqu'alors. Il se contentait d'alimenter sa garde-robe en arpentant les affriolantes boutiques de dessous féminins dans le centre de Fréjus ou de Nice. Sous les apparences trompeuses de présents qu'il devait offrir à son épouse ou à des gourgandines de passage, Grégorius n'envisageait guère que de longues soirées à se contempler dans les miroirs de sa chambre.

De retour à son bureau, le brigadier-chef Delarue rangea à jamais le dossier dans les profondeurs obscures d'un vaste tiroir — du moins le croyait-il.

8.
Monique

Monique était collée au téléphone depuis près d'une demi-heure, lorsqu'elle croisa la pendule du regard qui dodelinait du balancier avec un faux air de reproche. 20 h 10, comme à son habitude, elle était en retard.

Chaque vendredi qu'il pleuve ou qu'il vente, elle avait rendez-vous avec ses deux meilleures amies pour une soirée entre filles, à déambuler en ville ou dans les environs. Son mari quant à lui, était allé retrouver ceux qu'elle appelait avec cynisme « Les binoclards du club d'astro-débile » pour une sempiternelle observation des étoiles.

Étoiles, dont il connaissait chaque emplacement par cœur — un comble, pensait-elle lorsqu'après huit ans de mariage, il était dans la totale incapacité de localiser le tiroir contenant ses propres chaussettes.

Pour ce troupeau d'hurluberlus, tout objet situé à moins d'une année-lumière semblait curieusement transparent. Monique lâcha un profond soupir. Pour elle et ses deux acolytes, le programme était beaucoup plus terre à terre : Un resto sympa puis un bar ou un club, pour boire un verre et écouter de la musique, mater les beaux mecs et rire jusqu'à deux trois heures du matin. Une échappatoire obligatoire pour pouvoir parler librement entre femmes, loin des oreilles engluées de leurs époux respectifs.

Monique rajouta une dernière touche à sa toilette, une large ceinture agrémentée de divers accessoires multicolores. Puis singeant devant la glace, un mannequin neurasthénique tortillant du popotin, elle tança :

« Tu peux faire tout ce que tu veux, t'as un gros cul, ma vieille ! »

Le reproche décoché n'avait pas encore atteint sa cible qu'elle avait déjà la tête dans le placard à chaussures prête à affronter l'éternel dilemme :

« Quelle paire choisir qui s'harmoniserait parfaitement avec sa petite robe ? »

Après un expéditif essayage d'une dizaine de modèles, la sentence tomba, cinglante comme la triste éventualité d'un jour sans pain :

— Putain, j'ai rien à me mettre !

Ignorant avec mépris, cette nouvelle turpitude de la vie, Monique choisit de garder la paire qu'elle avait aux pieds et se précipita vers la sortie. Au passage, elle ramassa son sac et trifouilla sans ménagement parmi une ribambelle d'objets hétéroclites.

— Merde où j'ai foutu la carte bleue ?

Méthodiquement elle passa toutes les poches au peigne fin, mais sans résultat.

— Ah oui ! c'est vrai que Georges est allé retirer du liquide. Alors ! Sa mallette, où il a mis sa mallette ?

Monique entra dans la petite pièce qui servait de bureau, la mallette était posée bien en évidence, sur un des fauteuils en peau de zébu, made in Sweden. Lorsqu'elle l'ouvrit, son cœur s'emballa, ses jambes devinrent récalcitrantes et elle dut se retenir fermement au dossier ami pour ne pas se retrouver le nez sur la moquette. Au milieu de deux, trois livres et quelques stylos trônait fièrement un soutien-gorge, le désormais fameux soutien-gorge qui semblait dire :

« Coucou ! me revoilà ! »

Vous ai-je précisé que Monique est l'épouse de Georges Bérutier, professeur de français ? Non ??? L'omission est maintenant réparée.

Monique dut s'asseoir un instant et attendre que le plafond cesse de tourner. Des centaines d'images sordides défilaient dans sa tête et presque malgré elle, de grosses larmes coulèrent sur ses joues. Elle avait toutes les raisons d'être bouleversée, car, sans l'ombre d'un doute, elle avait reconnu le soutien-gorge et pour cause c'était celui de Sabine, sa propre sœur.

Un cadeau ! Un sous-tif qu'elle avait orné de broderies pendant de longues heures.

« Quelle conne ! si j'avais su ! ragea-t-elle. Et cette petite salope qui joue les saintes nitouches et se fait tripoter les nichons. »

Imaginant sa sœur nue gémissant dans les bras de son mari, elle eut un haut-le-cœur et se remit à sangloter. Le téléphone sonna plusieurs fois, mais elle se sentit incapable du moindre mouvement et parler restait au-dessus de ses forces. Ses amies devaient s'inquiéter, mais elles sauraient tout en temps voulu. Lorsqu'elle consulta sa montre, il était près de 22 heures. Son trouble s'estompait peu à peu, laissant place à une immense colère. Désormais, il lui fallait des réponses et ce connard de Georges, ce fils de ... (elle se mordit les lèvres) allait devoir être très convainquant. Propulsée par la haine, elle quitta le fauteuil, ramassa le soutien-gorge qu'elle fourra dans son sac et descendit en courant jusqu'à sa voiture. La petite Twingo démarra au quart de tour et le témoin d'usure des freins en fit de même. Faute d'argent, la réparation était repoussée depuis plusieurs semaines et ce soir le voyant pouvait bien s'agiter, Monique s'en moquait éperdument, à demi hystérique elle ne le voyait point.

9.
Une pantoufle et un pied de cochon

Delarue profitait de sa soirée de repos pour souper chez son frère. Les premières grillades de l'année sonnaient toujours comme un air de vacances et après son fiasco chez le druide, il n'avait pas refusé un bienfaisant pastis. L'ambiance était à la détente et l'alcool commençait à faire son petit effet. Oubliant son travail, il se sentit tout à coup de très bonne humeur. Jacques, son frère, jouait au pyromane auprès du barbecue rebelle qui ne demandait qu'à s'éteindre et Annie, sa belle-sœur, une bouteille d'huile d'olive à la main, préparait des salades multicolores. Ne manquait que son petit neveu qu'il avait tout juste entr'aperçu en arrivant et qui depuis lors, brillait par son absence.

— Qu'est-ce qu'il fait le minot ? D'habitude il est là, dans nos pattes, à se gaver de chips et de cacahuètes.

— Oh ! il est consigné dans sa chambre. Monsieur est puni. Non seulement il travaille quand ça lui chante, mais en plus, il peut pas s'empêcher de faire des conneries. Il lui reste une semaine d'école et il faut qu'il se fasse remarquer.

— C'est l'âge ! Sans compter qu'il a de qui tirer, tu crois pas ?

— C'est ça ! prends la défense de cet ingrat. Avec tout ce qu'on a bataillé sa mère et moi pour lui éviter le redoublement. L'année prochaine, s'il continue, je le fous en pension, tu vas voir.

— Ça fait deux ans que tu nous rabâches la même chose. Tu radotes mon vieux.

— Non, mais là, c'est spécial. Tu lui demanderas de te montrer son carnet de correspondance, tout à l'heure, quand je l'appellerai pour manger.

Après un dur combat, les côtelettes furent à point et Nicolas fit enfin son apparition après quelques hurlements de son père qui l'exhorta à venir les rejoindre, s'il ne voulait pas se prendre une beigne. Le repas fut plutôt enjoué et les rires fusèrent comme pour saluer le retour de l'été et d'une légitime insouciance. Seul l'enfant resta muet, n'esquissant que de rares sourires afin d'éviter les réprimandes de sa mère en fin de soirée. La bouteille de rosé qui gisait sur la table n'était plus qu'un lointain souvenir, lorsque l'attention se porta à nouveau sur Nicolas.

— Alors ! va chercher ton carnet de correspondance et montre donc à ton oncle, tes remarquables exploits. L'enfant se leva à contrecœur et revint en traînant les pieds, avec la bafouille qu'il présenta à Delarue. L'homme fit un effort de concentration et pour être sûr de bien comprendre, lut une deuxième fois. À sa grande stupéfaction, le motif de la réprimande était un soutien-gorge.

Décidément, on parlait beaucoup de soutien-gorge ces derniers temps et Delarue de par sa profession était allergique aux coïncidences.

— C'est quoi cette histoire de fou ? Tu piques les soutiens-gorge de ta mère et tu les trimballes à l'école maintenant ?

— J'ai rien pris du tout ! c'est Spartacus qui avait le porte-nichons dans sa niche. Alors je l'ai fiché dans mon sac et ce con de Fabien l'a lancé au milieu de la classe, en plein cours de français. Tout le monde a éclaté de rire et le prof l'a mal pris. Voilà ! C'est tout. Je comptais me marrer un peu puis le balancer à la poubelle. Tu vois brigadier ? Rien de méchant, tu vas me mettre les menottes et m'emmener au poste ?

Nicolas évita de justesse la main de son père qui, face à une telle insolence, préconisait la traditionnelle paire de baffes. Mais Delarue l'intima de le laisser tranquille.

— Tu veux dire que c'est le chien qui avait le soutien-gorge ?

— Oui ! il ramène toujours des détritus et il les met en morceaux. L'autre jour, j'ai trouvé une pantoufle et un pied de cochon que j'ai enfilés dedans. On aurait cru un pied bot.

Ayant l'attention de son oncle, Nicolas s'esclaffa et fit quelques pitreries tandis que sa mère acquiesçait d'un mouvement de tête. Le portable de Delarue émit un désagréable couinement et coupa court aux révélations de l'enfant.

— Mais qui peut bien m'emm… m'appeler à c't'heure ci ?

Identifiant l'importun, notre gendarme en demeura ébaubi.

10.
Plus près des étoiles

Georges était très occupé à régler l'objectif de son télescope flambant neuf. Le ciel était parfaitement dégagé et la lune, toujours pleine, d'une admirable beauté. Il était impatient de mettre à profit les performances de son nouveau joujou. Depuis longtemps il rêvait d'un matériel professionnel afin de ne plus être tributaire des autres membres du club, mieux équipés que lui. Jour après jour, centime après centime, il avait mené une gestion draconienne, économisant sur tout et même sur l'indispensable. Mais son heure était enfin arrivée et le sourire triomphant, il savourait chaque seconde avec un réel délice.

« Oh ! ça y est ! tu as ton nouveau télescope ? Monta une voix derrière lui.

— Ah ! C'est toi Grégorius, je t'ai même pas vu arriver. Tu vas bien ?

—Très bien merci. Il est magnifique. On va pouvoir compter les grains de sable sur la lune avec ça et je te dis pas pour les éclipses... ça a dû te coûter une fortune !

— Ben ! à quelque chose près : le prix d'une bagnole d'occasion. »

Georges Bérutier ignorait tout ou presque de Grégorius Ptolamé et réciproquement, mais la même passion les avait réunis et ils étaient devenus bons amis. La discussion battait son plein, lorsqu'un crissement de pneus les fit sursauter. Une Twingo venait de déboucher de la petite départementale et s'engageait sur le chemin de terre défoncé. L'engin sautait comme un kangourou pris de coliques néphrétiques et se dirigeait vers eux à vive allure. La quinzaine de personnes qui s'extasiaient une seconde auparavant sur la voûte céleste fut prise soudain d'une panique tragi-comique. Le temps d'un souffle et de comprendre que le bolide ne s'arrêterait probablement pas et ce fut la débandade. Seul Georges resta figé, car il venait de reconnaître la voiture, un tas de ferraille et d'une couleur repoussante : c'était la sienne.

À l'intérieur du véhicule, Monique était véritablement en transe et les larmes lui troublaient la vue. Comme pour se torturer encore, elle avait déposé le soutien-gorge bien visible, sur le siège coté passager et pensait à sa sœur. Arrivée à quelques mètres, elle tenta de freiner, mais en vain. De toute évidence, une sollicitation de trop, finis les disques, adieu tambours, la mécanique avait rendu l'âme. Georges en un geste de survie se jeta in extremis sur le côté et la voiture frappa son télescope de plein fouet qui fut propulsé vers d'autres cieux, imitant parfaitement une fusée au décollage. La twingo incontrôlable termina sa folle cavalcade contre un arbre, dans un fracas terrifiant.

Passé un court instant d'hébétude, tous se précipitèrent pour porter secours à la conductrice démoniaque — Monique le visage ensanglanté semblait mal en point. Les pompiers et la gendarmerie ayant été alertés, il ne restait plus qu'à attendre.

Georges quant à lui n'avait pas bougé d'un demi-millimètre, assis à même le sol, il tremblait et claquait des dents. Il ne comprenait rien, n'imaginait rien et n'avait conscience de rien. Une seule image demeurait gravée sur sa rétine : celle de son beau télescope qui avait rejoint les étoiles.

11.
Miracle et satinette

« Ouais ! je croyais avoir dit que je ne voulais pas être dérangé, bordel, je suis en famille... Quoi ? Qu'est-ce que tu me racontes ? Une voiture folle encastrée dans un arbre... Où ça ? ... Des morts, des blessés ? ... Les pompiers sont en route ? ... O.K. je suis là bas dans dix minutes. »

Delarue s'excusa de s'enfuir comme un voleur, mais il y avait urgence.

— Je crois que notre village est devenu fou ! Lança-t-il presque pour lui-même. Puis regardant Nicolas droit dans les yeux : Quant à toi jeune homme, nous continuerons cette conversation plus tard.

Il renfila à la va-vite sa panoplie de brigadier-chef, avala deux verres d'eau, embrassa son neveu et galopa jusqu'à la fourgonnette qui crissa sur le goudron toujours tiède. Faisant brailler le moteur jusqu'à la démesure, sept minutes lui suffirent pour rejoindre le grand champ où se réunissaient traditionnellement les fous de la lunette.

Les pompiers n'étaient pas encore sur les lieux, mais à son vif soulagement il perçut au loin, le hurlement retentissant de la sirène. Il courut jusqu'à l'amas de tôles froissées se demandant par quel maléfice on pouvait obtenir un tel enchevêtrement de matériaux que n'auraient pas dédaigné certains amateurs d'art contemporain. La Twingo semblait avoir été malaxée pendant des heures par un géant facétieux à l'instar d'un vulgaire morceau de pâte à modeler. Lorsqu'il aperçut Monique, il eut le souffle coupé. La jeune femme avait l'air de chevaucher le moteur qui s'était niché entre ses genoux, elle avait un bras ridiculement retourné à la manière d'un pantin désarticulé et une vilaine plaie sur le crâne lui ensanglantait le visage.

Delarue tint fermement son courage à deux mains, reflua un haut-le-cœur imminent et s'approcha à quelques centimètres de la victime : Il sentit son souffle, Dieu merci ! elle respirait encore.

Il évalua les risques d'incendie. Aucune odeur d'essence et pas de trace de la batterie qui sous l'impact pouvait se trouver à l'autre bout du champ. Il était presque rassuré d'autant que les pompiers arrivaient au pas de course et allaient prendre le relais. Notre brigadier-chef demanda aux témoins de ne pas quitter les lieux, tous étaient en état de choc et il n'eut aucune difficulté à les convaincre.

Puis s'éloignant du petit groupe, il alla vomir consciencieusement dans un coin reculé.

« Putain ! juste ce soir ou j'ai bu quelques pastis et du vin » éructa-t-il avec désarroi et une pointe de remords.

Les pompiers mirent plus de trente minutes pour désincarcérer la pitoyable Monique. Heureusement, selon les dires du médecin-chef, sa vie ne semblait pas en danger, mais il réservait son pronostic quant à d'éventuelles séquelles. En bien considérant l'état du véhicule, on pouvait presque parler de miracle.

Delarue avait regagné un peu de sa contenance et il commença à recueillir les premiers témoignages. Les récits, à quelques virgules près, étant similaires, il décida de laisser partir la plupart d'entre eux, en majorité des mineurs de moins de 16 ans qui n'avaient qu'une hâte : c'était, malgré la chaleur poisseuse, d'aller claquer des dents dans leur lit.

Il ne restait maintenant que cinq ou six personnes qui marchaient de long en large, arpentant les alentours afin de recouvrer un simulacre de calme. Georges qui avait trébuché dans le gouffre de l'amnésie était assis dans l'ambulance, le médecin lui administrait un tranquillisant. Delarue avait eu confirmation qu'il s'agissait bien du mari de la malheureuse, il aurait bien le temps d'interroger l'infortuné, plus tard.

Afin d'étoffer son rapport, notre gendarme retrouvant peu à peu du poil de la bête décida de fouiner un peu autour de l'épave, en quête d'un maximum d'indices. La lune jouait maintenant à cache-cache avec des nuages venus de la mer et il récupéra sa lampe-torche dans la fourgonnette.

Une multitude de débris était disséminée çà et là, essentiellement des pièces du moteur et du tableau de bord, rien de très profitable. Un homme qu'il n'avait pas rencontré jusqu'alors et qui visiblement était perdu dans ses pensées venait de se pencher pour ramasser un objet posé à ses pieds. Delarue s'approcha de lui sans précautions particulières, mais l'autre semblait ignorer sa présence. Lorsqu'ils se retrouvèrent face à face, les deux hommes sursautèrent de conserve. Grégorius Ptolamé était planté devant lui, les yeux exorbités et tenait dans ses mains tremblantes, un soutien-gorge. Passées quelques secondes, Delarue , incrédule, prit le premier la parole.

« Monsieur Ptolamé , je ne pensais pas vous revoir si tôt.

— Bon ... bon ... bonsoir brigadier. Quelle tragédie ! J'en suis malade.

(Silence assourdissant)

— Je peux savoir ce que vous faites là ?

— Je fais partie du club d'astronomie, comme les autres.

— Et vous vous promenez avec un soutien-gorge ?

— Je vois que malgré les circonstances, vous conservez votre sens de l'humour. Je viens de le ramasser à l'instant et je comptais vous le remettre.

— Vous permettez que je le récupère immédiatement alors ?

— Bien sûr ! J'ai aperçu moult choses, dans le coin là-bas, qui devraient vous intéresser.

Delarue braquant sa lampe, identifia un sac et divers objets épars. S'approchant, il fit la cueillette d'une carte bleue, d'un porte-document et d'une brosse qu'il plaça dans un sac en plastique.

— Curieux que l'on se rencontre à nouveau ? Non ? fit-il, s'adressant à Grégorius qui l'avait suivi et repensant soudain au soutien-gorge.

— Qu'y a-t-il de curieux à aimer les étoiles ?

— Oh rien ! c'est la première fois que vous voyez ce soutien-gorge ?

— Là, c'est votre question qui est bien étrange. Jamais vu de ma vie, mais quel rapport avec l'accident ?

— Probablement rien. Juste une idée en passant.

Prétextant une immense fatigue, Grégorius prit congé du Brigadier-chef et en quelques pas, la silhouette dégingandée disparaissait au volant de sa 4L peinturlurée de fleurs. Delarue remercia les trois personnes restantes, leur donnant rendez-vous le lendemain à son bureau. Maintenant qu'il était seul, il scruta attentivement ses pièces à conviction et il eut la confirmation de ce qu'il savait déjà :

Le soutien-gorge était bien celui de Sabine. L'intrigante dentelle, la crêpeline insoumise, la fugitive satinette était enfin entre ses mains.

12 .
Chambre 237

Le lendemain après-midi, à l'heure de la sieste assassine et des digestions difficiles, Delarue se rendit à l'hôpital pour happer des nouvelles de notre miraculée. Malgré son inquiétude, il n'avait pu venir plus tôt, car son bureau avait été littéralement pris d'assaut dès 8 h 30, par le troupeau d'astronomes désireux d'en terminer avec le drame. Bien peu avaient dormi et de ce fait, se seraient présentés au poste à 5 h du matin, s'il les avait accueillis. De toute manière, il n'avait rien noté de transcendantal, rien qui ne justifie qu'on se lève à l'aube.

Si ! pourtant, il avait bien une chose : Georges, le mari de Monique, était le professeur de français de son cher neveu Nicolas. Là, on ne pouvait plus parler de coïncidence, on s'acoquiner joyeusement avec le surnaturel. Il avait la conviction profonde que tous ces éléments devraient finir par s'imbriquer un jour, mais pour l'instant il pataugeait dans la mélasse.

Delarue détestait les hôpitaux. Il en avait une peur viscérale. Dans le hall déjà, l'exhalaison lui saisissait les tripes et il n'arrivait à se détendre qu'une fois de retour à l'extérieur où il respirait à nouveau sans gêne. Avec le temps, il avait appris la maîtrise de soi, mais autant que possible, il évitait de s'éterniser. Il aurait pu appeler, certes ! Mais il se faisait une autre opinion du métier.

Chambre 237, il frappa à la porte et une petite voix l'invita à entrer. Quelle ne fut pas sa surprise, lorsqu'il se retrouva nez à nez avec Sabine.

« Merde ! Mais c'est quoi encore ce cirque ? » marmonnèrent en cœur ses petites cellules grises.

Il salua l'adolescente, conscient qu'avec son képi à la main, immobile et interdit, il parachevait avec brio l'imitation du parfait abruti. Il n'était pas dans ses habitudes de rendre visite à des victimes de la route ou autres, mais dans le cadre de son enquête, il se devait d'être informé de l'état de santé de la jeune femme. Elle seule pourrait éclaircir une partie du mystère qui recouvrait cette histoire qui jusqu'alors, n'avait ni queue ni tête. Et puis soyons francs, même s'il ne voulait pas l'admettre, le corps meurtri de Monique luttant contre la mort, l'avait profondément troublé. Pas de pitié vulgaire, non ! mais un sentiment bien différent qu'il ignorait encore.

Ayant notée la stupéfaction sur le visage du gendarme, Sabine s'empressa de préciser, sans qu'on lui posât la question, que Monique était sa grande sœur et expliquait ainsi sa présence.

Delarue faillit éclater de rire, tant la situation était cocasse, mais il se contint bien évidemment par respect pour la blessée.

La jeune femme avait la tête recouverte de bandages, un plâtre lui fixait le bras jusqu'à l'épaule et un tube sortait de chacune de ses narines. Le résultat était impressionnant, mais Monique semblait dormir paisiblement d'une respiration régulière. L'opération avait duré plus de quatre heures, mais ses jours n'étaient pas en danger. De l'avis des médecins, dans trois mois tout au plus, elle pourrait courir comme une gazelle, ou du moins reprendre la voiture. Delarue se sentit aussitôt plus léger et il ne tarda pas à quitter la chambre. Tout en sortant sur la pointe des pieds, il invita Sabine à passer à la gendarmerie, il souhaitait vivement s'entretenir avec elle.

13.
Et tout rentre dans l'ordre...

Delarue rendit le soutien-gorge à Sabine, mais son enquête n'en fut pas résolue pour autant. Il garde l'intime conviction que Grégorius, Spartacus, Nicolas, Georges, Monique et peut-être bien d'autres ont dansé une étrange farandole autour d'un soutien-gorge dont ils ignoraient la provenance, chacun jouant son rôle, dans un bien curieux périple. Tout semble être rentré dans l'ordre, dans un petit village où, selon les apparences, il ne se passe jamais rien.

Sabine s'est fait plaquer par son Adonis, le bellâtre des plages lui a trouvé sans difficulté, une remplaçante au karma plus reposant. Peut-être a-t-il conduit sa nouvelle conquête dans la garrigue, à l'abri des romarins ? Après tout, on ne tombe pas tous les jours, nez à nez avec un druide, investigateur en lingerie fine.

Grégorius échaudé par sa mésaventure a mis un terme à sa collection de soutiens-gorge. Il envisage à présent de s'orienter vers un tout autre domaine : Les Chaussures de Femmes — escarpins, bottes, bottines, ballerines... Amen.

Reste un point essentiel : il s'est promis de ne plus rien dérober.

Nicolas a retrouvé sa bonne humeur depuis que ses parents ont consenti à croire en sa version des faits. Il joue très souvent avec Spartacus qui apprécie toujours les poubelles et les objets hétéroclites qui les accompagnent.

Georges a demandé le divorce, il n'a pas pardonné l'attitude stupide de sa femme. Présumer des parties de jambes en l'air avec Sabine, sa propre sœur, c'était monstrueux. Et soyons honnêtes, il n'est pas prêt de digérer la perte de son magnifique télescope. Jour après jour, il met quelques pièces de côté dans un cochon en porcelaine et compulse des revues à l'affût de nouveaux modèles.

Quant au brigadier-chef Delarue, il file le parfait amour avec une resplendissante jeune femme qu'il tient, à cet instant, serré contre son épaule. Tous deux, assis sur un banc, regardent la lune qui coïncidence ou pas, est pleine. Les deux tourtereaux s'embrassent tendrement. La jeune femme vous l'aurez peut-être deviné : c'est Monique. Elle a su dans un total immobilisme de circonstance, faire fondre le cœur du représentant de la maréchaussée.

Delarue lui a rendu de nombreuses visites durant toute sa convalescence – des liens se sont créés et puis... et puis, ne sous-estimons pas le prestige de l'uniforme.

Parfaitement rétablie et plus rayonnante que jamais, Monique délaisse sans vergogne ses copines du vendredi, qui même si elles ne l'avoueront jamais, sont vertes de jalousie.

Ah oui ! j'allais oublier, Marcel ... Marcel le magicien des potagers, le roi de la cucurbitacée charnue et du savoureux tabac clandestin, vient de remporter le premier prix de la plus grosse tomate, au concours régional des « joyeux maraîchers. »

La solanacée atteinte de gigantisme a subitement poussé, je vous le donne en mille, sur le plant où avait atterri le soutien-gorge baladeur.

Nul besoin de se proclamer aéromancien pour y voir l'influence indiscutable de notre bonne vieille lune.

LUCIENNE

La vieille cloche fêlée semblait agonisante lorsque le lourd marteau frappa le douzième coup de midi. La petite église prenait l'eau de toute part et d'immenses lézardes parcouraient murs et plafonds comme des rides meurtrières rappelant son âge. Il était grand temps que quelqu'un s'occupe de la misérable bâtisse, avant qu'il ne soit trop tard.

Lucienne connaissait mieux que personne, l'urgence des travaux, aussi avait-elle convoqué une dizaine de maçons, qui devaient se mettre à l'ouvrage dès la semaine suivante. Quant à la cloche, elle avait passé commande d'une nouvelle, il y a plus de six mois déjà, la livraison étant prévue à la mi-juillet. Lucienne ne se sentait pas particulièrement l'âme d'un mécène, mais l'idée de ne plus entendre un jour, le son du bourdon qui avait rythmé sa vie depuis sa plus tendre enfance, lui était tout bonnement insupportable. L'annonce du financement de la restauration par Lucienne avait fait l'effet d'une bombe dans le petit village et les ragots allaient bon train. Le conseil Municipal avait grincé des dents, lui qui cherchait depuis des années des fonds colossaux pour l'entreprise, tiraillé entre une augmentation drastique des impôts ou laisser tomber nûment l'idée d'un foyer pour personnes âgées et au bas mot mécontenter 75% de la population. Par ailleurs le diocèse ravi de se délester de cette charge avait avec enthousiasme donné sa bénédiction, le père Galibert et sa camarilla de bigotes avaient donc accueilli le projet avec la béatitude aveugle que confère la foi.

Postée sur le pas de sa porte, les mains sur les hanches, Lucienne était plongée dans ses souvenirs. Une manie qui affuble bien souvent les vielles-personnes qui regardent avec dédain, un avenir insipide irrémédiablement dépourvu des couleurs chatoyantes d'autrefois. Elle attendait sa petite-fille avec une vague inquiétude.

« Elle devrait plus tarder maintenant » marmonna-t-elle comme pour s'en convaincre.

Malgré le soleil généreux irradiant un paysage d'une beauté à couper le souffle, elle frissonna et se sentit soudain très lasse. Elle regagna sa cuisine, traînant ses vieilles pantoufles jusqu'à l'imposante marmite en grès où mijotait depuis le matin, un civet de lapin aux morilles. Il faut dire qu'elle accusait aujourd'hui ses 74 ans, ce qui à y bien réfléchir, ne la poussait pas à la franche rigolade. Sylvie, sa petite-fille, lui avait promis un foulard, car elle avait égaré le sien. Une étoffe épaisse, de préférence, contre les courants d'air qui la glaçaient chaque jour un peu plus, lorsqu'elle se rendait à l'aube vers l'étable, pour traire ses quelques vaches.

Des bruits de sabots sur les pavés usés de la grande cour la prévinrent que la jeune femme était enfin arrivée. Déposant son tablier, elle alla à sa rencontre. La cavalière émérite bouchonnait avec délicatesse la bête écumante, un bel alezan espagnol d'une douzaine d'années.

« Tout s'est bien passé ?

— La routine ! J'ai eu juste un peu de mal à longer le gave, du côté des « Tirasses ». Mais à part ça, rien de spécial.

— Allez rentrons ! je t'ai préparé ton plat préféré.

— Humm ! ! ! un civet aux morilles peut-être ? »

La jeune femme arbora son plus beau sourire, prit sa grand-mère par la taille et mimant un guilleret pas de danse, l'entraîna jusqu'à l'intérieur.

À cinquante kilomètres de là, l'ambiance était un tantinet moins joviale. Le commissaire Malouin n'avait pas fermé l'œil de la nuit et était d'une humeur massacrante. Le dernier rapport de son meilleur inspecteur, posé sur son bureau, n'était pas pour adoucir le climat.

« Comment vous l'avez perdu ? Qu'est-ce que c'est que ce troupeau de bons à rien ? Ça fait six mois qu'on piste l'oiseau et vous vous débrouillez pour le laisser filer aujourd'hui ? Alors que d'après nos recoupements il avait une livraison importante ? Vous vous foutez de ma gueule ou quoi ? C'est pas vrai, entre le maire qui me lâche pas les couilles, ma femme qui me gonfle du matin au soir avec la pension et vous maintenant ... Si la machine à café tombe en panne, je vous préviens, je réponds plus de rien, je crois que je sors mon calibre et je tire sur tout ce qui bouge. Putain ! vous n'avez pas de pitié pour mon ulcère.

— On l'a paumé près d'un petit bled, chef, à une dizaine de kilomètres de la frontière. On a chopé un tracteur impossible à doubler après, il avait disparu. Il a manifestement pris un chemin de terre, y'en a des flopées dans le coin. Ce dont on est sûr, c'est qu'il a pas passé la frontière. Personne n'a signalé sa voiture, nos collègues étaient prévenus et ils sont formels.

— Vous irez raconter ces conneries au maire et à la bande de trous du cul virtuose des ronds de jambes qui campe devant sa boite à lettres. Mangin, Vidas ! dans mon bureau.

La porte claqua avec violence et fit trembler les minces cloisons en placo. On aurait certainement pu entendre les mouches voler, mais vu le froid glacial qui régnait dans la pièce, on peut présumer sans risques qu'elles avaient migré vers des contrées beaucoup plus clémentes.

Non loin de là, le Docteur Ramirez, vétérinaire spécialiste de la race chevaline, se remettait doucement de ses émotions en sirotant avec volupté, un bourbon qui flirtait avec les vingt ans d'âge, mais qui de toute évidence ne les atteindrait jamais.

« J'ai encore eu chaud aujourd'hui, ronchonna-t-il. Il faut absolument que j'arrête ces escapades à la noix. J'ai passé l'âge de jouer aux gendarmes et aux voleurs. Encore une fois certes, mais c'est la dernière. Le mois prochain, je récupère tout mon blé et je me casse en Argentine comme prévu. Ils peuvent tous aller se faire foutre ! Et plutôt deux fois qu'une. »

Le bon gros Docteur Ramirez se désincarcéra tant bien que mal du fauteuil où il s'était affalé et transporta sa bedaine proéminente jusqu'à son cabinet où l'attendaient depuis plus d'une heure quelques patients encore plus poilus que lui. Même si torse nu, on eut pu aisément le confondre avec un gorille, mais là n'est pas le propos et ne soyons pas médisants.

Lucienne débarrassait la table sans se presser, elle avait à peine touché au civet. Elle était soucieuse et depuis quelque temps, l'appétit n'était plus au rendez-vous. Sylvie, à l'inverse, s'était resservie trois fois, mordant avec voracité dans le pain de campagne tout imbibé de la divine sauce.

« Comme elle ressemble à son grand-père ! Lui aussi, il aurait récurait les fonds de plats avec du pain, et sans vergogne en plus » songea-t-elle dans un soupir.

Elle était veuve depuis plus de vingt ans et la petite l'avait tout juste connu.

« Ils se seraient bien entendus tous les deux pour faire des tours de couillons, comme larrons en foire. Enfin! Soupira-t-elle à nouveau, y'a belle lurette qu'on voit plus de larrons et on trouve de moins en moins de foires ...

— Tu as parlé mémé ?

— Non, non c'est rien, les vieux on ressasse.

Sylvie se leva d'un bon et saisit ses clefs de voiture, une Porsche flambant neuve l'attendait garée dans la cour.

— A quand la prochaine, mémé ?

— J'en sais trop rien ! on fait comme d'habitude... Il faut qu'on parle toutes les deux, tu sais ? Rajouta la vieille après un court silence.

— Y'a un problème mémé ?

— Non, non ! mais tu sais que la restauration de l'église commence lundi ? Ça va me prendre pas mal de temps pour surveiller tout ça, et après... je voudrais être un peu tranquille, tu comprends ? »

Sylvie fit une vilaine grimace, mais ne fit aucun commentaire. Elle recoiffa de quelques gestes experts sa longue chevelure rousse, un coup de bâton rouge sur ses lèvres pulpeuses : « Ça ira ! » minauda-t-elle.

Elle embrassa tendrement sa grand-mère tout en essayant de lire un indice sur son visage. Ne voyant rien transparaître, hormis une extrême lassitude, elle quitta la pièce d'un pas alerte, légèrement contrariée.

« Ah oui mémé ! j'ai ton écharpe, fit-elle en revenant sur ses pas. Et au fait, joyeux anniversaire. »

Elle l'embrassa à nouveau, grimpa dans son bolide et démarra en trombe, évitant de justesse deux poules ahuries qui tripatouillaient la boue, en quête d'un lombric rosacé qui améliorerait l'ordinaire.

Jérôme Dechamps était lui aussi vétérinaire. Il avait ouvert son cabinet depuis peu dans le petit village qui l'avait vu naître, avec nulle envie d'aller nicher ailleurs. Naturellement il connaissait Lucienne et Sylvie depuis toujours. Le patelin ne comptant que 382 âmes, il aurait fallu faire preuve d'une incommensurable mauvaise volonté pour ne pas connaître chacun de ses habitants. Mais avec Sylvie, c'était un peu différent. Ils avaient grandi côte à côte, fréquentant l'unique et même école communale. Ils avaient joué ensemble, s'étaient baignés dans la rivière et avez même échangé de timides baisers, un soir au clair de lune, sous l'immense saule pleureur dont les branches traînant jusqu'au sol leur servaient de refuge. Enfin! Tout ça c'était des histoires d'enfants, des trucs de minots datant de Mathusalem.

Pourtant, dès lors sans se l'avouer complètement, il avait gardé pour elle une réelle attirance. Un entichement imbécile, une idylle de quatre sous. Pour preuve, leur chemin s'était séparé au lycée et depuis près de dix ans, ils n'avaient échangé que quelques phrases portant sur les caprices du ciel et autres platitudes à faire monter les larmes. En fait, ils ne s'étaient véritablement revus qu'une fois. Dès les premiers jours de son installation, Sylvie était venue lui rendre visite. Lorsqu'il l'avait reconnu dans la salle d'attente, le souffle coupé, il était devenu écarlate. Elle était désormais une jeune femme ravissante, d'une beauté sauvage que l'on ne croise guère que dans les magazines du style « Passion et Nature » ou « À la découverte de l'Irlande ».

Comme il put s'y attendre, leur conversation bien qu'amicale fut sans grande chaleur. Après les félicitations d'usage pour son diplôme et son installation, Sylvie lui annonça qu'elle ne ferait vraisemblablement pas appel à ses services. Du moins dans l'immédiat. Elle avait l'air sincèrement désolé, mais elle avait ses habitudes avec un autre véto et ne souhaitait pas en changer. Il passait chaque mois à la ferme pour examiner « Sultan », cheval qu'il connaissait maintenant fort bien et qui était de santé précaire.

Un spécialiste des races équines... soit !

Un tantinet blessé dans son amour propre, Jérôme eut toutes les peines du monde à cacher sa déception, mais surtout il voyait s'échapper là, quelques excellentes occasions de rencontrer la jeune femme qui n'habitait plus le village.

Lorsque la beauté fatale passa une main dans sa chevelure flamboyante et quitta son cabinet, il laissa émaner une sorte de geignement. Notre néophyte vétérinaire avait un cœur de midinette.

Lucienne regardait avec bonheur sa petite église retrouver une seconde jeunesse. « Hâte-toi lentement » comme disait l'autre, les travaux avançaient posément et étaient très coûteux, mais elle ne regrettait pas un seul instant de s'être entourée de spécialistes. Elle escamotait le plus clair de son temps à observer les gestes minutieux de ceux qu'elle qualifiait fort justement, d'artistes. Elle en négligeait même ses bêtes, ce qui ne lui ressemblait guère. Dans le village, les cancans avaient redoublé d'ardeur, chacun se demandant, comment cette bonne vieille Lucienne avait pu réunir une telle fortune ? Sans compter la Sylvie qui roulait dans une grosse voiture de sport. « Mon Dieu ! c'est pas avec ses quatre vaches et quelques poules ! »

On parla de la grosse cagnotte du loto, de Louis d'or trouvés dans un mur effondré de la vieille ferme, d'un bel héritage du côté de son mari, d'une énorme malle oubliée par les Allemands pendant la débâcle... Et bla-bla-bla et bla-bla-bla.

Lucienne se fichait éperdument de ce que pouvaient penser les autres. Les médisances entraient par une oreille et ressortaient par l'autre sans y laisser aucune trace.

« Au moins ça les occupe ! » s'était-elle exclamée en riant, papotant avec la bouchère, sa meilleure amie.

Elle n'avait changé en rien son train de vie. Toujours les même robes, d'une autre époque, pas de bijoux, pas de fanfreluches et surtout pas de modernité vulgaire et tapageuse. Elle laissait cela aux autres. De l'eau du puits, quelques légumes du jardin, une belle pomme et de gros œufs pour l'omelette au lard. Elle avait à tout moment était heureuse comme ça. Alors à soixante-quatorze balais ! Non, son dernier caprice, c'était de revoir la petite église comme dans son enfance, le reste...

« Alors ! tout le monde sait ce qu'il a à faire, pas la peine que je me répète ? Lança le commissaire Malouin à ses sbires.

— Sans vous chiffonner chef, ça fait douze fois que vous nous rabâchez la même chose.

— C'est peut-être pour vous Mangin ! je sais que vous êtes un peu long à la comprenure.

La répartie fit rire tous ses camarades et eut l'effet escompté, détendre l'atmosphère, diluer la poisse qui engluait les esprits depuis près d'un mois.

— Donc, rendez-vous demain matin, cinq heures. Merci messieurs. »

La lune était encore haute dans un ciel sans nuages, ce qui favorisait un froid piquant. Claquant des dents en cadence, Mangin et Vidas étaient en planque près de la ferme dans l'éternelle Clio accusant les 300 000 km, autant dire presque neuve comparée au fourgon qui en avait le double. Ils attendaient patiemment que Ramirez daigne montrer le bout ses santiags. L'unique lumière à des lieux à la ronde provenait de la petite cuisine où Lucienne prenait un grand bol de café revigorant, avant de rejoindre l'étable. Pressentant que quelque chose ne tournait pas rond, elle avait mal dormi et aujourd'hui plus que de coutume, elle était inquiète.

« Putain ! on se les gèle. Si t'avais pas oublié le kawa ! râla Mangin pour la cinquantième fois.

— Ferme-la et éteins ta cigarette, y'a des phares qui se pointent, on en a plus pour longtemps à poireauter. »

Ramirez sifflotait gaiement sur l'ouverture du mariage de Figaro, confortablement installé sur le cuir crasseux des fauteuils de sa grosse BM. C'était sa dernière livraison et cette idée le mettait en joie, le charmait, le comblait, le délectait et ostensiblement, lui donnait la fièvre. Il s'imaginait se prélassant sur les bords du Rio de la Plata, aux bras d'une indigène peu farouche qui le trouverait « muy guapo » vu l'épaisseur conséquente de son portefeuille. Mais, à son âge, il n'avait que faire de la romance. Tout émoustillé, Ramirez stoppa la grosse berline devant les dépendances. Comme de coutume, il fit deux appels de phares qui trouvèrent en réponse, trois clignotements rapides des lumières de la cuisine. Le véto quitta son véhicule, promptement rejoint par Lucienne et ils se dirigèrent tous deux vers l'écurie où ils prirent bien soin de refermer la porte.

Sylvie était en retard. Une coupure d'électricité avait cloué le bec à son réveil, lui pourtant si loquace, et résultat des courses, il était déjà sept heures. Elle était vraiment furieuse d'avoir laissé sa grand-mère traiter seule avec Ramirez. Mais le mal était fait, impossible de pédaler en marche arrière. Non que Lucienne ne put se débrouiller seule, sans son aide, mais elle avait une confiance toute relative en ce gros porc dégoulinant de fatuité qu'était Ramirez. Ses petits yeux de fouine qui derrière ses lunettes, scrutaient sans cesse le bas de ses reins lui donnaient envie de vomir. Et puis ses bagues, gourmette, bottes en simili croco, toute cette quincaillerie ostentatoire lui renvoyait une piètre idée du personnage.

Autre chose la chagrinait, Lucienne voulait lui parler et sans être voyante, ça flairait mauvais pour sa lucrative petite entreprise. Mais elle ne lui en tiendrait pas rigueur, les choses vont et viennent et elle avait en deux ans, amassé un joli pactole. Ce qui lui manquerait le plus, ce sont ces interminables chevauchées jusqu'au Pueblo, de l'autre côté de la frontière avec cette sorte de peur au ventre, ce pincement qui vous fait vous sentir en vie. Et puis que dire de cette nature exubérante, des sentiers longeant les torrents, du cri des marmottes que l'on surprend au détour d'un talus, du sifflement du vent dans les arbres, d'immenses sapins centenaires ... Tout ça lui manquerait. Elle sortit de sa rêverie pour prendre son manteau et déserta son appartement, décidément très très en retard.

Lorsque Malouin et ses hommes débarquèrent dans la cour de la ferme, Lucienne et Ramirez quittaient déjà l'écurie. Pourtant ils n'avaient pas chômé avant de rappliquer, mais étant stationnés à bonne distance pour ne pas attirer l'attention, il leur avait fallu cinq précieuses minutes pour rejoindre le lieu de la supposée transaction. Bon !

pour le flag, c'était raté. Mais Malouin n'était ni un novice, ni un enfant de chœur et il ne comptait pas se laisser berner et rester le bec dans l'eau.

Pourtant réputé pour son flair, Ramirez ne vit rien venir et se retrouva les menottes aux poignets en un instant. Il esquissa une méchante grimace et opta aussitôt pour le mode furtif : Économie de gestes et surtout économie de mots, se faire oublier en attendant de pouvoir jauger la situation.

Lucienne quant à elle, eut droit à plus de considération, Vidas ayant toutes les peines du monde à interpeller une vieille dame qui ressemblait comme deux gouttes d'eau à sa propre grand-mère. Malouin se contenta de l'accompagner jusqu'à la cuisine, en lui interdisant dans sortir. Lucienne affichait une extrême lassitude, mais ne paraissait aucunement surprise. Vidas qui s'attendait à des cris et des larmes fut déconcerté par cette absence de réactions, de sérénité intrinsèque. La douzaine d'hommes qui escortait le commissaire fouilla l'écurie de fond en comble, sans y trouver la moindre trace d'objets illicites. Malouin s'arrachait les quatre cheveux qui lui restaient en pensant au maire et aux journalistes, s'ils s'emparaient de l'affaire. La plaisanterie tournait une fois de plus au vinaigre, d'autant que Ramirez n'était pas très coopératif, se contentant de répéter inlassablement:

« Je veux parler à mon avocat . »

Il lui aurait bien mis une mornifle.

« Vidas ! amenez-moi la mémé, peut-être qu'elle sera un peu plus causante ? »

Malouin eut juste le temps de finir sa phrase, lorsqu'une détonation vint déchirer le silence irréel qui s'était installé en parfaite harmonie avec l'aube naissante. Vidas se précipita à l'intérieur, démolissant d'un coup d'épaule, la porte qui était retenue par un maigre verrou. Lucienne était étendue sur le sol, le visage en partie déchiqueté, le mur en face était couvert de sang. A ses pieds, le vieux fusil de chasse appartenant à son mari, encore fumant.

L'ambulance fut sur les lieux du drame en moins de trente minutes, ce qui représente un bel exploit, vu l'étroitesse des routes et le nombre incalculable de virages. Le médecin ne put que constater le décès qui semblait avoir été instantané. Vidas, qui pourtant en avait vu d'autres, alla se départir de son maigre petit déjeuner derrière la maison et mit un long moment à retrouver son calme et un teint moins diaphane. Lorsqu'enfin il se décida à rejoindre Mangin, celui-ci n'eut pas de peine à remarquer qu'il avait les yeux rouges.

« Putain, j'aurais dû la surveiller de plus près, maugréa-t-il, je suis un vrai con ! »

Quand les cons voleront... songea Malouin soudain pensif.

Lorsque Sylvie se pointa à l'entrée du chemin de terre, elle remarqua aussitôt de nombreuses traces de pneus et elle fut immédiatement sur ses gardes. Elle poursuivit néanmoins jusqu'au petit bois et stoppa la voiture. De là, elle apercevait la ferme qui était remplie de bagnoles de flics et d'ambulances.

« Merde ! » Elle se mordit la lèvre avec rage où perlèrent quelques gouttes de sang. Elle mit plusieurs longues secondes pour reprendre ses esprits, elle tremblait comme une feuille. Le cerveau en ébullition, elle n'eut cependant aucune hésitation sur la première action à entreprendre : déguerpir dare-dare.

Elle fit demi-tour en prenant soin de ne pas signaler sa présence et une fois sur la départementale, appuya sur le champignon. Trop souvent bridé, le bolide retrouva ses ardeurs, elle dut se concentrer sur la route, ce qui lui évita de réfléchir et de se mettre à pleurer. De retour à son appartement, à l'abri des regards importuns, dans le calme prégnant de son refuge douillet, convulsivement puis bruyamment et sans retenue, elle éclata en sanglots. Après la peine viendrait le temps pour les idées claires.

En début d'après-midi, on ne sait par quel miracle, l'affaire avait fait le tour du village et la mort de Lucienne était sur toutes les lèvres. Il est vrai que trois voitures de police et une ambulance roulant à tombeau ouvert passent rarement inaperçues, là où l'arrivée du boucher itinérant prend des allures de fête votive.

À écouter la vox populi, Lucienne avait été abattue par un inspecteur un peu trop nerveux. Le garde-chasse l'avait vu pleurer après la bavure et le fils du boulanger qui péchait sur les berges de la Gavotte, avait entendu les coups de feu. Indubitablement, deux témoins dignes de confiance.

Jérôme qui n'accordait que peu de place aux rumeurs avait pourtant bien du mal à se concentrer sur son travail. Il était préoccupé. Il pensait fatalement à Sylvie et se demandait si elle aussi était impliquée dans ce drame atroce, dont d'ailleurs, il ignorait tout. Il expédia son dernier client, un clébard asthmatique et décida de fermer son cabinet, pour monter à la ferme et voir s'il n'y croiserait pas la belle. Peut-être avait-elle besoin d'aide, de réconfort, d'une épaule secourable.

Vingt minutes plus tard, il stoppait la camionnette dans la grande cour où régnait un paradoxal mélange de désordre et de profond silence. De toute évidence, le lieu avait été déserté depuis plusieurs heures et les gallinacés avaient réinvesti leur domaine. Jérôme s'apprêtait à remonter dans sa voiture, lorsqu'un hennissement plaintif venant de l'écurie attira son attention. Conscience professionnelle et curiosité le titillèrent et il décida, avant de partir, de jeter un rapide coup d'œil. Malgré le bandeau en plastique jaune qui intimait de déguerpir illico, il n'hésita pas à désobéir à l'ordre et ouvrit la lourde porte. La grange était sens dessus dessous, comme après le passage d'un cyclone tropical, et dans un coin, tout au fond, l'alezan était étendu sur la paille. La bête tremblait de tous ses membres, visiblement pas très en forme. Jérôme en bon vétérinaire retourna jusqu'à sa voiture et revint avec sa trousse afin d'ausculter l'animal.

Bien qu'encore peu familiarisé avec la race chevaline, il n'eut aucune peine à diagnostiquer que la bête souffrait d'une gêne du côté de l'arrière-train. Comment dire... une sorte de constipation, un engorgement, la non fameuse occlusion.

L'amour des animaux annihilant toutes ses retenues, il s'empara d'un long gant en plastique lui recouvrant tout le bras, prêt pour l'exploration. Tranquillisé par le fait qu'il était seul, il s'arma de courage et comme c'était la première fois, il allait improviser.

« Prêt, mon beau ? Je sais qu'on se connaît à peine, mais on fera les présentations plus tard... »

Sans coup férir, il enfonça sa main dans l'anus dilaté de la pauvre bête et à sa grande surprise en retira plusieurs étuis contenant de la poudre blanche. Les sachets churent, ça, c'est sûr !

Quant au reste, sans être un éminent spécialiste des alcaloïdes et à vue de nez, pour faire un mauvais jeu de mots, Jérôme put apprécier gisant sur le sol, plus de 500 grammes de cocaïne.

L'enfant caressa le chaton... caressa le chaton... qui se mit aussitôt à ronronner... à ronronner... Point. Elle le serra... elle le serrrra tout contre...

— Madeleine ! Que faites-vous encore avec le nez en l'air ? La dictée ne vous concerne pas, d'après ce que je vois.
— Si monsieur !
— Alors, veuillez répéter la dernière phrase à vos camarades, je vous prie.
— Euh ! je sais pas monsieur, j'ai oublié, ça va un peu trop vite pour moi.
— Allons ! Allons ! Faites un effort voyons.
— Euh ! Elle se mit à ronronner...
(Hilarité générale)
— Mais qu'est-ce qu'on va bien pouvoir faire de vous, ma pauvre enfant ?

— Je voudrais être concierge, m'sieur !
(Hilarité bis, assortie de quelques quolibets très vexants)
— Mais ce n'est pas un métier ça, allons réfléchissez un peu, petite sotte.
— Pourtant ma tata Simone...
— Si c'est comme cela que vous envisagez l'avenir ma pauvrette, vous tomberez de haut, je vous le dis et vous pleurerez toute votre vie comme une madeleine. »

Monsieur Daladier n'était pas peu fier de son petit jeu de mots, il faudrait qu'il en délecte ses collègues à la pause. Les joyeux drilles formant sa classe et son auditoire se plièrent en deux, forcés de constater qu'avec ce fervent adepte de la discipline, les occasions de rire étaient plutôt rares. Aussi tout le monde s'en donna à cœur joie, sauf Madeleine qui du haut de ses neuf ans, laissa couler quelques larmes sur sa page restée blanche.

Madeleine quitta l'école définitivement pour son quatorzième anniversaire. Elle n'avait pas appris grand-chose, si ce n'est la situation de la ville de Nice sur la carte de France qui trônait fièrement au fond de la classe. La fin d'un long chemin de croix parsemé de punitions, de moqueries, d'humiliations et de blâmes... (Blâme : étrange contraction entre Bleu et âme).

Coutumière des renvois, elle avait cependant échappé au célèbre bonnet d'âne, car monsieur

Daladier ne voyait aucune raison d'insulter ces pauvres bêtes qui bien souvent se montraient plus intelligentes que les quelques cancres qui obscurcissaient les cieux de son existence.

En fait, sa décision de quitter l'école fut ressentie par tous comme un soulagement. Monsieur Daladier, en fin psychologue, se permit un :

« Soyons honnêtes mes chers confrères, nous ne la regretterons pas. »

et ses parents plus pragmatiques :

« Tu vas enfin pouvoir te mettre au travail. »

Pas vraiment de quoi vous mettre l'humeur en fête.

Mais Madeleine, malgré son jeune âge et son allure de petite fille, se fichait éperdument de ces réflexions ; elle n'en avait que trop l'habitude. Désormais pour elle, une seule chose importait : c'était de devenir Concierge.

À quinze ans, elle fut placée par ses parents, comme bonne à tout faire, chez un médecin fort réputé du village voisin. Son salaire était misérable, mais n'était-elle point, nourrie et logée ? De l'avis de tous, une charge fort enviable sauf pour la pauvre enfant qui rêvait d'être concierge. Son travail commençait vers 7 heures ; allumer la cheminée et préparer le petit déjeuner de Monsieur le Docteur dont elle s'accommodait des restes. Quelques croûtes de pain chichement recouvertes d'une pellicule de graisse rance et s'en suivaient les tâches quotidiennes, dans un ordre immuable. De la vaisselle à la lessive dans le grand lavoir, elle frottait les sols, récurait les commodités, lustrait les meubles, astiquait l'argenterie, s'occupait des courses et aidait à la cuisine. Tout cela jusqu'à 22 heures ou elle pouvait enfin s'accorder un peu de repos, elle tombait comme une masse écrasée de fatigue. Et le lendemain, c'était la même histoire, la même adversité et surtout la même solitude.

Le Docteur Boucharien, dans son extrême bonté, ne lui accordait qu'un dimanche de congé par mois, sous prétexte que les petites gens ne trouvent rien à faire lorsqu'ils ne s'attachent pas à leur besogne. C'est vous dire le saint homme ! Pour un peu et on l'aurait embrassé.

Madeleine n'était pas du genre à se plaindre. Ses parents recevaient quelques pièces et des soins gratuits et semblaient fort satisfaits. Une sorte d'orgueil avait sournoisement pris naissance dans leur esprit simple et ils ne cessaient de répéter, à qui voulait l'entendre, que leur chère fille travaillait chez un savant qui connaissait plus de choses que le rebouteux et presque autant que monsieur le curé, toutes proportions gardées. Loué soit le Docteur Boucharien.

Quelle ironie du sort ! Elle qui n'était jusqu'alors, aux dires de tous, qu'une bonne à rien, était maintenant bonne à tout faire.

Faisant taire son aversion pour les dictées, Madeleine profitait de ses maigres instants de liberté, pour écrire à sa tante Simone. Cette gentille dame d'une quarantaine d'années était bien malgré elle, l'égérie de sa filleule. Celle-ci en effet, occupait le poste admirable de Concierge dans un bien bel immeuble du centre de Nice. Ayant toujours refusé le mariage, en dépit d'incessantes demandes, la plantureuse Simone dirigeait sa vie sereinement et en toute liberté, ne manquant ni d'argent, ni de rencontres et encore moins d'aventures. Madeleine était véritablement fascinée par cette icône et s'imaginait parfois endossant le costume de sa tante. Elle s'endormait alors, le rouge aux joues, se représentant de beaux messieurs qui la saluaient lorsqu'elle portait le courrier jusqu'au pas de leur porte.

Notre jeune héroïne eut bientôt seize ans et ses formes naissantes n'avaient pas échappé au bon Docteur Boucharien. Ses petits seins pointant fièrement leur jeunesse, la courbe de ses reins, la blancheur de sa peau, sa bouche pulpeuse devinrent très vite des « objets » de convoitise. Ignorant peut-être que le droit de cuissage avait été aboli et profitant de l'inévitable promiscuité, il pratiqua quelques palpations expertes, qu'il accordait généralement à ses bénéficiaires les moins farouches, de vieilles rombières délaissées par leur mari et qui venaient se divertir. Madeleine ne connaissant rien aux affaires du sexe resta tétanisée de surprise et d'horreur. Ne percevant qu'une faible résistance qu'il balaya d'un :

« Arrête de minauder petite pimbêche », l'homme se fit plus pressant et plus précis, très impatient de goutter à ce fruit tout juste mûr qui se présentait à lui.

Madeleine eut mal, très mal, et elle pleura toute la nuit, épouvantée par cette mare de sang qui lui souillait les cuisses et qu'elle n'osait affronter du regard. Elle pensait au diable si souvent évoqué par monsieur le curé, à la réaction de son père qui la traiterait de catin et à sa tante aussi.

Boucharien quant à lui était assez fier de sa petite affaire, moins de trois minutes à vrai dire. Ces gourgandines de la campagne l'excitaient tout particulièrement. Il se permit un cigare et alla s'enquérir d'une vieille bouteille de prunes à l'eau de vie.

Le lendemain étant son jour de congé, Madeleine rassembla ses forces pour écrire à sa tante. Un billet laconique comme tel :

« Je pars pour te rejoindre, je t'en supplie aide moi. Ta filleule qui t'aime. »

Aussitôt la lettre expédiée, elle jeta pêle-mêle en un modeste paquetage, deux photos de Simone, un gros savon noir, un crayon, des mouchoirs brodés et une robe de rechange ; et sans plus attendre, elle se mit en route pour Nice.

Il lui fallut près de vingt jours pour apercevoir enfin les rivages enchanteurs de la Méditerranée. De la Haute-Auvergne jusqu'à la Côte d'Azur, un long périple de cinq cents kilomètres, à dormir à la belle étoile, sous des porches ou des abris de fortune. Ses repas furent frugaux. Essentiellement des fruits cueillis au hasard des sentiers et du pain foncé presque noir à la croûte tenace, qu'elle achetait de temps en temps avec les quelques sous qu'elle avait en poche. Mais elle avait encore trop honte et évitait les villages. Ses chaussures, loin d'être neuves, rendirent l'âme trois jours après son départ et elle dut se résoudre à poursuivre pieds nus. Les meurtrissures laissées par les ronces sur ses jambes n'égalaient en rien, la douleur sourde qui par moments lui vrillait le ventre. Mais elle garda le moral, car pour la première fois de sa vie : elle se sentait LIBRE.

Une sensation presque étouffante pour ses frêles épaules et surprise parfois par la beauté des paysages, elle n'avait pu retenir un mascaret de larmes. Elle avait découvert les étoiles et voulut les compter, mais elle n'était point forte en calcul et se promit d'apprendre. Elle osa se baigner nue dans les torrents d'eaux claires, parla aux vaches et aux moutons plus qu'aux humains sans doute, car eux savaient l'entendre. Enfin, ivre d'espace et de grand air, elle oubliait pour un instant l'ignoble Docteur, le triste maître d'école et jusqu'à ses parents qui se souciaient peu d'elle. Un instant, aussi court soit-il, reste un palliatif que l'on se doit de prendre.

Par une belle et chaude matinée de printemps, elle entrevit cette bonne vieille ville de Nice. Elle exultait et comme irrésistiblement attirée, elle se mit à courir pour vider le trop-plein d'émotions. Elle fila longtemps sur des chemins de terre, coupant à travers champs, dévalant les coteaux arides plantés d'oliviers et de vignes, mettant ses poumons au supplice et son jeune cœur à rude épreuve. Enfin, la douleur dans sa poitrine se faisant trop forte, elle s'abandonna sur une grosse pierre, grisée de fatigue et de bonheur. La tête lui tournait encore lorsqu'elle prit conscience d'un parfum opiniâtre et envoûtant, qui lui était inconnu et qui faisait vibrer tous ses sens.

« Certainement ces jolis arbres jaunes sur les hauteurs qui à leur façon me souhaitent la bienvenue », pensa-t-elle.

Bien qu'elle l'ignorait encore et parce que les coïncidences sont rarement fortuites, l'essence de mimosa serait à jamais, sa fragrance favorite. Plus loin, s'arrêtant pour boire, elle observa son reflet dans l'eau d'un petit lavoir et se trouva hideuse. Son visage était maculé de boue, sa chevelure avait des allures de terrain en friche, ses ongles faisaient grise mine et elle avait déchiré sa vilaine robe cousine avec un sac.

« Tu n'es qu'une souillon ! ma pauv' fille » déclama-t-elle tout haut.

La sentence était tombée, froide et irrévocable, l'heure du grand décrassage avait sonné et il lui fallait changer ses hardes. Bien que n'ayant ni le goût ni les moyens d'être coquette, elle se voulait présentable pour ne point faire honte à sa tante Simone.

Chassant ses craintes, elle entra dans la ville comme on se plonge dans une eau trop froide, en retenant son souffle. Les premiers pas sont toujours laborieux et puis on s'entend dire presque malgré soi :

« Humm ! elle est bonne ».

Demandant sa direction à des passants aimables, elle flâna le long des plages ornées de palmiers, s'émerveilla devant les boutiques regorgeant de belles robes et de chapeaux colorés, saliva face à de luxueux restaurants et applaudit même, collée à la vitrine d'une immense pâtisserie où se prélassaient des dizaines de gâteaux à la crème. Tout semblait irréel et à portée de main.

Vers midi elle était enfin arrivée au terme de son périple. "Les Cigales" un immeuble imposant, à la rutilante façade, dans une rue très comme il faut. Face à la lourde porte empreinte de dorures, Madeleine fut prise d'une irrépressible angoisse :

Et en fait, si Simone ne voulait pas d'elle ? Qu'adviendrait-il si elle refusait de la recevoir ? Plutôt mourir que de retourner chez elle. Ses jambes tremblaient et elle fut secouée tout entière par des sanglots et la nausée. C'est dans cet état pitoyable qu'elle se précipita à l'intérieur où par chance, sa tante semblait l'attendre devant le pas de sa loge. Quelques secondes longues comme l'éternité et les deux femmes tombèrent dans les bras l'une de l'autre. Les sanglots laissèrent la place à des larmes, pures, belles, intarissables.

Une fois calmée, Madeleine fit un récit détaillé de sa misérable et sordide histoire. Elle ne put à nouveau contenir ses larmes lorsqu'elle évoqua sa douloureuse expérience avec l'honorable Docteur Boucharien. Simone ne fut pas surprise outre mesure même si des « salopards, fumiers et autres gros porcs » ponctuaient ses phrases. Elle avait pressenti un déplaisir de ce genre dès la réception de la lettre de la p'tite, l'informant de son départ précipité. Elle n'était pas née de la dernière averse.

N'ayant jamais eu d'enfant, c'est dans l'allégresse que Simone décida de prendre Madeleine sous son aile protectrice et de l'éduquer comme sa propre fille afin d'en faire une vraie citadine. Elle écrivit à sa sœur pour la rassurer, mais préféra ignorer les détails ignominieux, se fiant à son instinct et à son expérience. Dans les campagnes, on vous traite bien vite de traînée ou de fille des rues et on se découvre respectueusement devant les notables qui les dimanches, sortent de la messe, lavés de tous péchés. Les choses sont ainsi faites, le cheval et l'âne n'ont pas le monopole des œillères.

La première semaine, Madeleine plana sur un nuage, courant partout au bras de sa tante qui la couvrit de cadeaux. Elle fut habillée à la mode de Paris, goûta aux pâtisseries dans les salons de thé, se rendit au théâtre et s'émerveilla devant une opérette à succès... Le rêve suivait son cours, une vie au goût de miel.

Mais le malin avide d'innocence est toujours partant pour quelques turpitudes. Et un beau matin, Madeleine fut réveillée par de violentes nausées. On mit tout cela sur le compte d'une bonne indigestion, le foie de la petite n'ayant pas encore pris la mesure de la riche nourriture des villes. Le deuxième jour, Simone arbora une moue dubitative. Le troisième jour, le même scénario se répétant, dans l'esprit de Simone le doute n'était malheureusement plus permis :

Sa filleule attendait un enfant et il ne s'agissait de toute évidence pas de ce qu'on appelle communément, un heureux événement.

Les deux femmes eurent une longue conversation. Madeleine pleura et pleura encore, malgré les efforts de sa tante pour la rassurer. Un des problèmes était le temps... Il fallait faire vite.

Après trois jours où elle resta prostrée sur son lit, Madeleine décida soudain de ne pas garder l'enfant. Elle était si jeune qu'elle ne se sentait pas prête pour de telles responsabilités. Elle n'en avait ni la force, ni le courage. Elle s'en remit donc tout entière à sa tante qui acquiesça. À partir de cette date, un sentiment d'imputabilité se nicha au plus profond de son âme. Avec son consentement, on allait supprimer une petite vie, commettre un acte irréparable dont elle était en partie coupable. Cette obsession la poursuivrait jusqu'à la fin de son existence, à l'heure de rendre grâce, même si présentement entre un orphelin, un petit bastardon et un avortement, le choix était bien maigre.

La décision prise, Madeleine dut attendre huit jours avant la délivrance. Huit jours à n'en plus finir où Simone s'évertua sans grands résultats, à lui remonter le moral, brandissant à tout va les lumières et le clinquant contre ses idées noires.

Puis le moment fatidique arriva, un jeudi, celui de l'ascension. Peut-être fallait-il y voir un signe ?

La petite maison un peu à l'écart de la route avait l'apparence d'un taudis et Madeleine qui tremblait des pieds à la tête, faillit renoncer. Simone qui avait omis de dire qu'elle connaissait l'endroit pour l'avoir fréquenté pour son propre compte l'entraîna par le bras avec autorité. Une vieille femme toute plissée les attendait, visiblement impatiente.

« Vous êtes en retard », furent ses premières paroles. Puis elle invita Madeleine, d'une voix plus douce, à se dévêtir. La jeune femme, qui claquait des dents, crut comprendre qu'il s'agissait d'une ancienne infirmière qui pratiquait ce genre d'intervention depuis la guerre, et qui malgré la « chasse aux sorcières », mettait un point d'honneur à délivrer corps et âme, ses sœurs d'infortune. La pièce était petite et sombre, et ne brillait que par son manque d'hygiène. De grandes taches de moisissure maculaient le plafond grisâtre et l'unique lavabo dégueulait de crasse. Olga, de son prénom, revint avec une pile de serviettes blanches, et mit à bouillir une imposante marmite d'eau. Elle fit asseoir Madeleine sur un vieux fauteuil de dentiste qui avait dû en voir de toutes les couleurs, et se mit en devoir de raser la jeune femme.

« Certaines ne le font pas, dit-elle, mais elles ont tort ! c'est plus hygiénique. »

En d'autres circonstances, la réflexion aurait prêté à rire. Madeleine se contenta de serrer les dents.

La chose faite, l'infirmière autoproclamée sortit d'un tiroir trois curettes de différentes tailles, un jeu de dilatateur à pointes de Douglass et un flacon d'éther dont elle imbiba une serviette. Madeleine en inhala sans réserve, quelques grandes bouffées et après : ce fut le trou noir.

Durant son inconscience, les images assassines

se succédèrent. Dégoulinante de sueur, elle revécut une partie son viol et fut très agitée. Puis flottant dans les limbes diaphanes d'un paradis désormais inaccessible, un dieu très en colère la pointa du doigt d'un geste réprobateur. De petits diables lubriques riant grassement l'accompagnaient, exécutant autour d'elle, une folle farandole, lui piquant le bas ventre avec leur fourche recourbée.

Lorsqu'elle se réveilla, sa première sensation fut une extrême douleur au sommet du crâne qui lui tira un terrible gémissement. Simone et Olga qui buvaient un ersatz de café dans un coin de la pièce se levèrent précipitamment.

« Ça va aller maintenant ma belle ! » grogna la vieille infirmière.

— Tu as perdu pas mal de sang, mais dans une semaine, tu pourras gambader de nouveau comme un petit agneau. Tu repasseras me voir jeudi prochain, et en attendant : DU REPOS ! » (Se tournant vers Simone)

— Veille à ce qu'elle garde le lit et gave-la de viande rouge bien saignante. »

Une heure plus tard, après que Simone se fut délestée d'un bon paquet de billets, les deux femmes rejoignirent leur appartement en Taxi. Madeleine encore très faible n'avait pu faire un pas sans chanceler.

La pauvre fille eut du mal à se rétablir. Malgré des doses importantes de quinine qu'elle ingurgitait toutes les quatre heures, une fièvre accablante ne la quittait point. Même si elle s'efforçait de ne rien laisser paraître, Simone était très inquiète et elle retourna consulter Olga. La vieille femme, d'abord réticente, accepta de se déplacer jusqu'au chevet de la mal portante. Elle ausculta Madeleine avec une sorte de fatalisme. Son abdomen dur comme du bois et la fièvre omniprésente lui firent diagnostiquer, sans la moindre incertitude, une péritonite. Par chance, il n'y avait pas traces d'hémorragie. Sinon...

Olga ne cacha pas ses craintes et elle fit tout son possible pour garder Madeleine en vie. Elle demanda l'avis de plusieurs médecins. En tout premier lieu, il fallait faire chuter la fièvre pour éviter les convulsions et les lésions au cerveau qui pouvaient être fatales. Simone veilla sa filleule toutes les nuits, et comme elle travaillait la journée, Olga vint souvent au chevet de la malade les après-midi. Ce genre de complications, même s'il n'était pas rare, avait profondément affecté la vieille infirmière qui s'était, à son cœur défendant, attachée à Madeleine. Le soir du dixième jour, la température de la jeune femme grimpa jusqu'à 41,8° et Olga l'a cru perdu. Bien que peu pratiquante et en un dernier espoir, Simone adressa une prière à la vierge :

« Je vous salue Marie pleine de grâce... »

Elle pria longtemps assurément persuadée que

seule une mère pouvait la comprendre, puis à bout de force, elle céda au sommeil. À 7 heures, le lendemain, elle fut réveillée par une sorte de murmure qui disait :

« Ma tante, s'il te plaît, donne-moi de l'eau. » Elle crut d'abord à un rêve, mais Madeleine avait les yeux grands ouverts. La fièvre avait brusquement disparu ; la pauvre enfant était miraculeusement sauvée.

Un mois de convalescence baigné de soleil, et Madeleine se para de belles couleurs compensant un sourire timide. L'appétit recouvré, elle ne tarda pas non plus à retrouver ses formes avantageuses. Les tragiques instants semblaient s'éloigner à petits pas, mais inexorablement. Il ne restait plus qu'à oublier, effacer, passer l'éponge... et se réinventer une vie.

Mais ça, c'était une autre histoire ! Des bleus de cette taille endolorissent toute une existence, et c'est à cette époque, je crois, que Madeleine commença à penser à une hypothétique vengeance.

Madeleine vient de souffler vingt-huit bougies sur un immense gâteau débordant de crème. Un jeune homme élégant qui semble très amoureux d'elle, la regarde intensément en lui tenant la main. Simone intemporelle, a tout juste pris quelques rides et demeure toujours une fort belle femme. Seule Olga est absente du tableau. Elle est morte l'an dernier, son cœur usé ayant tiré sa révérence. Elle avait tant combattu pour les autres, qu'il ne lui restait que peu de force à s'accorder quand le mal vint la cueillir à l'improviste.

Madeleine est radieuse et la moitié des hommes de la ville, lui courent après et la courtisent. On parle d'elle, un peu partout dans Nice, comme d'une bien belle colombe que l'on voudrait bien faire roucouler dans son nid. Mais à vrai dire, elle reste indifférente à leurs avances. Elle est maintenant Concierge comme sa chère tante, ce qui en apparence, comble tous ses désirs. Qui pourrait imaginait que la belle se réveille haletante, presque toutes les nuits, et ne se rendort qu'aux premières lueurs du jour, les yeux gonflés de larmes. Suite à un examen intime chez la première femme médecin de Nice, un couperet vient de tomber au tranchant acerbe. Comme la confirmation d'un pressentiment lugubre qui lui tordait le ventre, elle sait désormais de source sûre qu'elle ne pourra plus jamais avoir d'enfants. JAMAIS.

Alors, de flonflons en bals musettes, elle se saoule de musiques et de danses, dans les bras d'inconnus qui lui font tourner la tête. C'est son péché mignon, sa faiblesse rétorque-t-elle, se riant des hommes un peu trop sûrs d'eux-mêmes et des femmes jalouses qui la traitent volontiers de garce.

Et puis elle a son travail et grâce à lui, Madeleine

côtoie désormais exceptionnellement de monde. Sérieuse à l'excès, son perfectionnisme lui a valu d'être élue représentante de sa profession pour tout le département. Elle a suivi des cours et sait parfaitement lire et compter, comme elle se l'était promise un jour en regardant les étoiles. Elle assiste volontiers à des congrès et des réunions, de Marseille à Nice, de Digne à Montpellier, Toulon, Gap... Elle est même allée jusqu'à Sète.

Dans ce tourbillon, elle s'est découverte une âme de militante. En fait, elle se désintéresse de la politique, mais elle aime son métier et ne veut pas penser qu'un jour, il puisse disparaître.

Par un curieux hasard, mais faut-il croire au hasard ?, elle a appris que le Docteur Boucharien exerçait depuis peu à Cannes. On l'appelle désormais Professeur. Il jouit d'une belle réputation et il est venu prodiguer ses soins sur la côte, à une clientèle plus huppée, plus digne de son talent et de ses faramineux honoraires. L'homme a dépassé la soixantaine, mais d'après les dires de ses amies concierges qui savent prêter l'oreille à bon escient, il a la main encore fort baladeuse. Madeleine a fait de nombreux allers-retours à Canne et elle a rencontré la bonne à tout faire de Monsieur le Professeur. Lorsqu'elle a aperçu la jeune fille prénommée Mathilde, elle a fait un bond dans le passé de plus de dix ans et dans ses yeux apeurés, c'est sa propre image qu'elle a cru reconnaître.

Lors de ses fréquentes visites, Madeleine sait réconforter Mathilde et celle-ci n'est pas avare de confidences. Comme elle s'y attendait, Boucharien a abusé de la toute jeune femme. Malgré les années, ce gros dégueulasse, pervers et répugnant, sévissait encore et toujours. Des réminiscences de son sexe flétri palpitant contre sa peau blanche d'enfant lui donnaient invariablement des envies de vomir. Il était grand temps d'agir et d'éradiquer le MAL.

Par la suite, les choses s'enchaînèrent très vite. Comme l'avait fait sa tante, Madeleine prit Mathilde sous son aile, qui déposa une plainte pour viol à la police. Aidée par un ami journaliste, elle reçut un coup de pouce appréciable de la presse locale, qui trouva avec cette affaire, quelque chose à se mettre sous la dent. Les enquêtes opiniâtres remédièrent aux nombreuses déficiences de la police, pour le moins léthargique (constipée d'après Simone qui percevait la chose sous un autre angle). Un banal appel à témoins et sept autres plaintes vinrent s'ajouter à la première. Au bout de trois mois, notre irréprochable Professeur était derrière les barreaux, attendant son jugement. Mathilde fut soutenue par quelques mouvements féministes naissants et l'affaire remonta même jusqu'à la capitale lorsqu'on apprit que notre homme avait été proposé pour la Légion d'honneur.

Le jour béni du procès arriva, Boucharien fut

condamné à cinq ans de réclusion et fut radié sans complaisance de l'ordre des Médecins. Devant l'ampleur de la foule qui avait envahi le prétoire, ou campait dans la salle des pas perdus, la justice se voulut exemplaire et on évita ainsi tous débordements. Inutile de préciser que, ameutées par Madeleine, toutes les concierges du département étaient présentes ce jour-là, et leur colère contenue dans quelques slogans ne passa pas inaperçue.

Deux ans se sont encore écoulés et Madeleine ouvrant son journal peut lire que le matricule 1463, incarcéré à Toulon, un certain Boucharien (ancien Professeur) s'est pendu dans sa cellule. La jeune femme, le sourire en demi-teinte, pense :

« Le diable a enfin rejoint les siens. »

Pas de place pour le pardon et la longanimité, à la seule vue d'une poussette, d'un landau, son cœur s'essaye aux contretemps et elle doit changer de trottoir, le souffle court. Il y a des bleus plus tenaces que le plus persistant des tatouages. Aussi, au moment opportun, il lui resterait encore un petit détail à régler.

En fait, ce moment arriva plus vite que prévu. Voilà Madeleine roulant vers le village qui l'a vu naître et où vivent toujours ses parents. Elle ne les a pas revus depuis plus de cinq ans. Dans ce train bringuebalant qui la ramène vers son enfance défilent les bien tristes images de ses années d'école. Et c'est pour cela qu'elle est là. Son maître, l'instituteur qui lui fit tant de mal, est gravement malade et se prépare pour l'ultime voyage. D'après les médecins, toutes les émotions lui sont fortement déconseillées. Il faut donc qu'elle se hâte, car elle ne voudrait manquer ça pour rien au monde. Oh non !

Sa mère ainsi que son père l'attendent sur la placette abrutie de soleil. Ils l'accueillent comme le Maire de Nice en personne, car ils ont pu lire son nom, à deux ou trois reprises, dans le journal. Elle ! Madeleine ! Leur petite fille adorée...

Malgré tout elle est émue même si visiblement, les choses sont restées les mêmes. Vanité quand tu nous tiens !

Dès le lendemain, elle se présente chez monsieur Daladier, l'ancien Maître, pour une visite de courtoisie. Le vieil homme alité ne la reconnaît point. Alors, elle se met en devoir de lui rafraîchir un tantinet la mémoire. Elle lui rappelle combien il prenait plaisir à la ridiculiser, toutes ces « petites» humiliations, le sarcasme (dont l'origine viendrait de : « mordre dans la chair »). Et c'est bien de cela qu'il s'agit, de blessures et de chair.

En Conséquence, elle insiste sur un fait essentiel et elle le lui rabâche inlassablement : elle est CONCIERGE.

Le mourant la regarde les yeux hagards, se contentant de cracher du sang à intervalles réguliers dans une bassine posée à cet effet. Lorsqu'enfin, il prononce son nom du bout des lèvres et se met à larmoyer, elle lui promet seulement de revenir le voir tous les jours afin de poursuivre leur riche conversation. C'est la moindre des choses, en remerciement de toute l'attention qu'il sut lui porter, tandis qu'elle était si naïve et si... sotte.

Madeleine se presse à son chevet durant une semaine, faisant l'admiration de tous. Avoir fait le voyage de Nice pour accompagner le moribond dans ses derniers instants, un acte remarquable et très touchant. La répartie du vieillard se bornant à quelques râles, personne ne pouvait se douter que ce visage rougeaud exprimait plaintes et lamentations. Une crise cardiaque finit par l'emporter et le jour des obsèques, Madeleine brilla par son incompréhensible absence. Alors que dans la petite église, le curé faisait l'éloge du saint homme, Madeleine était déjà dans le train du retour. N'oublions pas qu'elle était avant tout concierge et impatiente de se remettre à l'ouvrage.

« Je viens définitivement d'enterrer mon passé », pensa-t-elle en souriant.

Épuisée, elle se lova sur l'inconfortable banquette et s'endormit aussitôt.

épilogue

Si un jour, passant par Nice, une curiosité légitime vous mène jusqu'à sa porte, sachez qu'aujourd'hui encore, Madeleine est fidèle au poste et que si pour une obscure raison, vous ne la trouvez pas dans sa loge, n'ayez craintes:

La Concierge est dans l'escalier.

IN VINO VERITAS

Acte 1
Au Hasard d'une rencontre

J'étais contrarié, et même très contrarié. En fait, j'étais véritablement hors de moi. Mes amis s'accordent à dire que je suis d'un naturel raisonnablement conciliant, mais là, c'était la fameuse et sempiternelle goutte d'eau qui fait déborder... Enfin ! Accordez-moi un instant pour vous mettre au parfum. Prosaïquement, ce n'est pas d'eau dont il s'agit, je ne perdrai pas mon temps à vanter les mérites de cette chose bizarre, mélange de chlore et au goût de Javel, que pissent nos chers robinets lorsqu'on les y invite.

Non ! la raison pour laquelle, j'étais excédé, c'était le vin, mon vin, celui-là même qui m'apportait mon quart d'heure de bonheur quotidien et qui depuis deux jours, était franchement dégueulasse. Attention ! je vous vois venir. Je ne blablate pas de la grosse piquette qui rend aveugle et dont on se sert pour décaper les canalisations bouchées — je vous parle de robe, de tanin, de bois et de fruits rouges, de générosité et de longueur en bouche... pour faire court :

De Plaisir et de Volupté.

Moi qui ne jurais que par le Bordeaux et ses grands crûs fiers et prétentieux, j'avais découvert à deux pas de ma porte, un nectar divin, o' combien digne de ses lointains cousins de la côte atlantique. Une petite cave ne payant pas de mine, du moins de l'extérieur, tenue par un vieil homme qui vous accueille chez lui, avec une ferme et franche poignée de main. Des mains calleuses et épaisses qui laissent entrevoir l'histoire de quelques irréductibles qui ont donné leur vie au travail de la terre.

Si la façade vieillotte penchait pour le délabrement, l'intérieur à l'inverse, faisait office de machine à remonter le temps. Un mélange de vieille ferme et de mazet provençal, rustique et cossu, où il n'était pas choquant de croiser une poule et une chèvre dans la cuisine, se disputant ardemment un quignon de pain. Dès le seuil, venaient immédiatement les odeurs suggestives, montant à l'assaut de nos naseaux atrophiés. Le raisin fermenté, bien sûr, qui déjà vous enivre, avant même de l'avoir en bouche, mais aussi la cire d'abeille, la paille et la lavande en gerbes. Un décor d'époque, aux lourdes poutres apparentes, maintenues par des murs de pierres d'un bon mètre d'épaisseur. Une mangeoire, une faux, quelques serpettes, un joug de belle taille et une table en chêne massif flanquée de deux bancs, qui si elle avait pu parler nous aurait saoulés, sans doute, d'un millier d'anecdotes. Une vraie sarabande d'objets paysans et d'une époque révolue. Un éventail à faire monter la bave aux lèvres du plus minable des antiquaires qui s'efforcent de débusquer la perle rare pour quelques riches citadins ayant du mal à différencier un cheval, d'un âne. Mais là n'est pas mon propos et pour rester dans le contexte, retournons à nos moutons.

L'homme, cet auguste vieillard, m'avait plu immédiatement. Je n'avais pas encore goutté son vin et n'en attendais pas des merveilles, mais mon hôte était affable et je me laissais entraîner dans une inévitable dégustation. Il m'invita à m'asseoir à l'imposante table et revint deux minutes après, chargé d'une bonbonne et de deux verres. Il servit en silence et nous trinquâmes comme des amis de toujours, qui se retrouvent après une longue absence, le verbe distribué avec parcimonie.

Le coup de foudre, ça ne s'explique pas. Aussi, pour éviter de m'empêtrer dans de fumeux éclaircissements qui ne rendront la chose que plus sombre, je me contenterai de dire que j'étais littéralement sous le charme. Conquis et médusé, à la fois. Cet homme était un magicien ou, tout du moins, un alambiqueur de génie.

Je bus pas mal ce soir-là, et les langues se délièrent peu à peu, à chaque nouveau verre. J'essayai de lui extirper ses recettes de fabrications, sa poudre de perlimpinpin, mais il n'en avait point.

« L'amour toujours, m'avait-il précisé, le respect, et laisser faire la nature, sans brusquer les choses. Surtout ne rien ajouter. Toutes ces saloperies, ces coupages, ces trucs industriels..., ça ne sert à rien. Dieu nous a donné la vigne et le raisin ! À nous d'en faire une potion magique — c'est aussi simple que ça. »

Passablement éméché, j'applaudis comme un véritable imbécile heureux, alors qu'il souriait largement, visiblement amusé par ma tête d'ahuri. Puis presque à son intention, il rajouta :

— C'est un peu comme la musique, t'as sept notes, à toi d'en faire quelque chose, une symphonie, un opéra si tu peux ... Moi je ne saurais pas.

Alors que pas très fier sur mes guibolles récalcitrantes, je tentai héroïquement de rentrer chez moi, il me fit rasseoir d'un geste autoritaire.

— Patience mon ami, j'ai quelque chose de supérieur pour toi, tu m'en diras des nouvelles.

Il se leva et revint au bout de quelques minutes, avec une bouteille couverte de poussière, qu'il venait de tirer quelque part en bas.

Désormais, je m'attendais à tout et je ne fus pas déçu. Sa cuvée spéciale avait été livrée par Bacchus lui-même et j'en commandai illico dix bonbonnes.

— Tu sais ! les affaires ne marchent pas fort en ce moment et je suis bien content d'être tombé sur quelqu'un comme toi, un connaisseur, mais aussi un rêveur et un passionné » fit-il soudain songeur, alors qu'il me raccompagnait jusqu'à ma voiture.

Décidant sagement de rentrer à pied, je ne fis pas grand cas de sa remarque. J'avais depuis longtemps la tête dans les étoiles et nous nous séparâmes avec la même poignée de main qui m'avait accueilli.

Acte 2
Une absence intrigante

Tout cela, c'était il y a trois mois et depuis, pour plagier Voltaire « tout était pour le mieux dans le meilleur des mondes possibles », du moins jusqu'à avant hier. En effet, depuis deux jours l'élixir providentiel s'était métamorphosé en une piquette, disons-le, d'une médiocrité outrageante. C'était inconcevable et incompréhensible. Un goût indéfinissable, un petit je ne sais quoi, venait gâter la perfection.

Mardi dernier donc, fidèle à mon pèlerinage mensuel, j'allais m'enquérir de ma caissette. Quelle ne fut pas ma surprise de trouver en lieu et place de mon ami, une jeune femme blonde, charmante certes, là n'est pas le propos, mais dont l'allure grotesque aurait mieux convenue dans un conseil d'administration ou dans le hall d'une aérogare. La curiosité ne faisant pas partie de ma longue liste de défauts, je ne posai pas de question et me contentai de quitter les lieux avec une pointe d'irritation. Moi qui étais tout disposé à faire un brin de causette... tant pis !

La première bouteille que j'ouvris, je la trouvai détestable. C'est étrange cette faculté qu'a l'être humain à s'accoutumer si vite aux bonnes choses, et à rechigner encore et toujours à quelques misérables coups de bâtons. Allez comprendre ?

Pas démonté pour autant, j'en entamai une deuxième, avec le même indigne résultat. Je fus fort troublé tout en sentant ourdir une embrouille peu commune. Peut-être souffrais-je alors d'un début d'agueusie, mais je n'en croyais rien. En désespoir de cause, je m'accordai deux grands verres d'eau et la mort dans l'âme, reportai mon plaisir au lendemain.

Nous voilà revenus à la case départ : vous, moi, et mes petites contrariétés. Au bout de trois déceptions, je pris la décision de retourner à la cave avec mes avatars. Non pas pour me faire rembourser, je me contrefous de quelques pièces, mais pour en informer mon ami qui, j'avais oublié de vous préciser, se prénommait Jésus.

À mon grand désarroi, Jésus n'était pas là. C'est la même jeune femme qui se tenait assise derrière le comptoir et qui offensait l'atmosphère de son vernis à ongles pestilentiel, qu'elle étalait avec une minutie d'horloger. D'habitude je n'accorde que peu d'importance aux clichés, mais là, il faut reconnaître que la donzelle y mettait du sien. Un rapide coup d'œil autour de moi et je vis encore plus surpris, que le bric-à-brac qui faisait la distinction de la pièce avait inexorablement disparu.

« Bonjour mademoiselle, je voudrais voir le propriétaire s'il vous plaît.

— Ah ! ça ne va pas être possible. Monsieur Renard est en clientèle. C'est à quel sujet ? Si je peux vous renseigner ?

Je réfléchis un instant. Jésus faisant du commercial, c'était aussi probable qu'un politicien débitant trois phrases sans nous tartiner d'un épais mensonge. Autant dire génétiquement impossible.

— On parle bien de la même personne ? Un monsieur assez âgé, grand, mince, le dos un peu voûté, mais de belles prestances et qui se prénomme Jésus ?

Elle faillit éclater de rire, mais face à mon rictus, se ressaisit.

— Non, monsieur Renard a juste la trentaine, blond, baraqué. Mais je ne connais pas tout le monde, vous savez, je ne travaille ici que depuis quinze jours.

— Je vois ! fis-je, mais en fait, je ne voyais rien. »

Je venais seulement de mettre les deux pieds dans l'embrouille pressentie.

En sortant, je croisai un grand échalas du type bien propre sur lui, tout juste libéré d'une sinistre école de commerce — action, force de vente, de gré ou de force — bien lisible sur le front. Inutile d'être très perspicace pour deviner qu'il devait s'agir du fameux « Renard » et je saisis l'opportunité qui m'était offerte, pour lui poser deux, trois questions. La bouche en cul de poule pendant cinq bonnes minutes, j'appris que son groupe, genre multinationale à la noix, ascendant boissons gazeuses, avait racheté la petite cave, il y a trois semaines. À écouter l'abruti, visiblement inculte du palais, la transaction prenait presque des allures d'œuvre charitable, parce que d'après ses dires, le commerce ne rapportait rien et que Jésus avait été fort bien dédommagé, bien au-delà de la valeur marchande. Je demandai des nouvelles de mon ami et j'obtins pour toute réponse, qu'il eût disparu sans même ramasser ses vieilleries et que notre bellâtre eût dû, sans remords, les balancer aux ordures.

« Business is business » se crut-il obligé de rajouter, en souriant avec un mépris à peine dissimulé. J'étais fou, fou de rage et je partis me calmer dans la voiture. Me connaissant, un mot de plus et je lui collais mon poing dans la figure. De retour chez moi, cherchant un responsable, je maudis sans vergogne, les trois quarts de l'humanité, pour avoir mis un terme à mon menu plaisir. Mais en fait, ce qui m'excédait entre tout, c'était de n'y comprendre rien et je décidai de tirer l'affaire au clair. Pas curieux, peut-être ? Obstiné et résolu ça, sans aucun doute.

Acte 3
Révélations

Minuit, l'heure des transgressions, et j'entrai par effraction dans la petite cave de Jésus. Un seul verrou à faire sauter est un jeu d'enfant pour qui comme moi, fut un tantinet « voyou » pendant son adolescence. Je m'étais muni d'une lampe torche, et d'une trousse à outils réglementaire, avec la ferme intention de fouiner un peu. En cas de recherches infructueuses et avant de m'en retourner, je ne verrais pas d'inconvénients à procéder à la réquisition de quelques bouteilles millésimées, en guise de dédommagement. Mon intuition m'avait-elle joué des tours ou comme me le suggéraient mes tripes, cette histoire ne sentait pas le rosé ?

Je ne m'attardai pas dans la pièce principale, tout y avait été chamboulé, rangé, briqué, aseptisé, vidé de son essence. La grande table centenaire avait disparu, laissant la place à de grotesques présentoirs multicolores, surchargés de produits qui se voulaient régionaux. En fait, de vulgaires marchandises manufacturées pour gogos inconséquents et vendues à prix d'or. Dans la pièce attenante, je découvris sans surprises, un escalier en colimaçon que je descendis avec précaution. Arrivé en bas, je pus sans risque, faire jouer l'interrupteur. À dix mètres sous terre, on est à l'abri des regards indiscrets et de la délation, dont j'avais goûté les fruits pourris, il y a quelques années déjà. Au milieu d'un gigantesque cellier trônaient trois belles cuves qui auraient pu alimenter les gosiers arides, d'un régiment de soudards pendant une dizaine d'années. Un rapide tour d'horizon — le maniaque de la benne à ordure n'avait pas encore sévi — le lieu était plus propice à d'éventuelles révélations.

Tout au fond, dans la partie la plus sombre, un bureau délabré, comportant trois tiroirs, attira mon attention. C'était l'endroit idéal pour entasser papiers, factures et autres nuisibles. Le tiroir fit semblant de résister, car, je le crochetai, sans peine, à l'aide d'un canif à usages multiple. Effectivement, vu la pagaille, je peux affirmer sans trop me mouiller, que Jésus n'était pas un fanatique de la paperasse en tous genres. Je passai plus d'une demi-heure à constituer un peu d'ordre, mais rien à me mettre sous la dent — factures, état de comptes et encore factures, la peste de notre temps.

Je tombai sur une lettre que je supposai être de son fils ; je la fourrai dans ma poche, on verrait ça plus tard. Alors que j'allais tirer ma révérence, je découvris une conserve rouillée, style boite à sucres qui renfermait ses correspondances. Le courrier le plus vieux avait environ un an, c'était une proposition de rachat, courtoise, presque amicale. Mais au fil des mois, je notai que le ton avait ostensiblement changé. De la courtoisie obséquieuse, on était passé aux menaces tout juste déguisées.

Une belle bande d'enfoirés que les scrupules n'étouffaient apparemment pas. Je plaçai bien au chaud, le stock de lettres dans ma poche intérieure — j'avais les réponses à la plupart de mes questions. Il me restait une petite chose à faire, avant de partir, trouver mon vin et en emporter la plus grande quantité possible.

Devant l'une des trois cuves, je lus :

La Goulée des Princes

Dans le mille ! J'allais faire le plein de bonheur pour l'année à suivre. Et avant de subtiliser quelques bonbonnes, je décidai de m'accorder une bonne rasade du fameux breuvage que j'estimai avoir amplement mérité. J'ouvris un des trois robinets et remplis généreusement un gobelet qui traînait là et qui en avait vu d'autres.

« Putain, infecte ! »

Je recrachai le tout, sans me faire prier.

« Qu'est-ce qu'on avait bien pu foutre dans cette cuve, pour obtenir ce goût de... pourri ? »

Une échelle était posée contre la cuve, j'allais jeter les deux yeux. Je m'accrochai fermement aux barreaux plaintifs, et notai aussitôt que le hublot servant au nettoyage était négligemment resté ouvert. Posté à la verticale du trou béant, je braquai ma lampe et faillis tomber du perchoir.

Dans la cuve flottait un corps et dans ce pantin ridicule, gonflé comme une outre, je reconnus Jésus.

Acte 4
Une lueur d'espoir

L'épilogue de cette triste histoire n'a pas une grande importance. Mon ami aux mains d'or et au palais d'argent s'en est allé, dans une consternante indifférence et je me suis remis aux Bordeaux. J'attends de découvrir une nouvelle perle rare, une autre goulée des princes. Inutile de vous préciser que je me suis fortement appliqué à remuer la merde, car c'est bien de cela qu'il s'agit — et dans tous les sens.

Par ailleurs, j'ai écrit au fils du pauvre Jésus et lui ai transmis la totalité des lettres récupérée lors de ma virée nocturne. La balle est désormais dans son camp. Il m'a répondu qu'il souhaitait, peut-être, reprendre l'affaire et se remettre à la vigne qu'il avait traitée avec indifférence étant plus jeune. J'y ai entraperçu comme une lueur d'espoir. Saura-t-on un jour, comment est mort le vieil homme ? Permettez-moi d'en douter. Ceci dit, je ne peux m'empêcher de penser que dans ses derniers instants, il m'avait adressé un message. Il était sûr que je viendrais fouiner avec insistance, si le vin devenait soudainement imbuvable. Dieu sait comment le pauvre Jésus a atterri dans la cuve et j'en ai une petite idée aussi. Un autre Jésus un tantinet plus célèbre avait proclamé :

« Buvez, ceci est mon sang ».
Il suffisait de marcher dans ses traces.

Repose en paix mon ami.

TROIS PETITS TOURS ET PUIS ... ZONZON

1.
Casse-toi pauv' con !

Casse-toi Marc ! T'es qu'un salaud, doublé d'un porc. Va ! File rejoindre ta femme et ton cinglé de fils. Dégage et joyeux Noël.
 Si j'ai pas été conne de te suivre dans ce bled pourri et gober toutes tes promesses.
 Tu verras ! Tout va changer ! Attends quelques mois encore ! Après je divorce et on se marie et bla-bla-bla.
 Mon cul oui ! c'est le seul, à la rigueur à qui tu veux enfiler quelque chose et je parle pas d'une bague. Tu me prends certainement pour une débile

profonde avec ton baratin à deux balles et tes violons de prince charmant à la manque. Va te faire foutre ! Tu entends ? »

La jeune femme saisit le verre qui traînait sur son bureau et engloutit d'un trait un fond de mauvais whisky. Elle esquissa une vilaine grimace avant de reprendre.

— Et ta soi-disant promotion ! ah putain, parlons-en ! Quitter Marseille pour ce trou perdu, gris et moche en plus de ça. Je suis sûre qu'un samedi soir, on trouve plus de traces de vie sur Mars, que dans les trois bouges minables qui restent encore ouverts après dix heures. Quatre zombies et deux culs-terreux qui sirotent des bières, accoudés au comptoir en écoutant du Richard Anthony...

Putain ! c'est pathétique. Après ça, t'as qu'une seule envie, c'est de te jeter d'un pont.

— Tu crois pas que tu en rajoutes un peu ? Grogna l'homme qui amorphe n'accordait plus qu'une oreille distraite à ce débordement d'insultes qu'il encaissait avec résignation.

— Attends ! Le plus beau, ce cabinet miteux... On s'est foutu de toi, Marc ! On t'a mis sur la touche, la voie de garage. T'as pas quarante balais et t'es déjà fini. Réveille-toi ! bordel.

— Arrête Graziella ! Tu me gonfles maintenant, rétorqua-t-il en saisissant sa veste.

— C'est ça, barre-toi ! Tu me fais de la peine. Va faire la roue devant ta dinde, gros nul. Et s'il te plaît, tu m'oublies jusqu'à la rentrée, tu me lâches.

Dix jours de vacances, je te connais pas, tu me connais pas...

Vlan ! Graziella n'eut pas le loisir de terminer sa phrase, que les pas de Marc résonnaient déjà dans l'escalier. D'un regard lent, elle détailla l'immense bureau à moitié vide, cherchant un faux-fuyant, une lueur de courage pour s'en retourner chez elle. Sa soirée de réveillon tombait à l'eau comme sa vie d'ailleurs dans son ensemble. Des effluves nauséabonds d'un naufrage imminent avec en prime le curieux pressentiment qu'il manquait une bouée : la sienne.

Les échappatoires étant minces, elle puisa un reliquat de force dans un caquelon de cassoulet estampillé « Castelnaudary » qui l'attendaient sagement à son domicile, à l'abri des intempéries, bien rangés dans un placard, au cas ou...

Percevant un léger bruit dans le couloir, son cœur fit un bond.

« C'est Marc qui revient », pensa-t-elle immédiatement.

Sûre, elle l'aimait son Marc.

Et pourtant... Il n'avait mis que deux petites minutes pour regagner le confort rassurant des fauteuils en cuir blanc de sa vielle Mercedes décapotable.

« Fait chier ! je suis encore trempé jusqu'aux os, râla Marc. Déjà un mois qu'on est ici et on a eu droit à un quart d'heure de soleil. J'en arriverais presque à regretter ce putain de mistral. »

Il est vrai que le temps pisseux irradiait une lumière monochrome qui lui tapait sur les nerfs et l'entraînait nonchalamment au bord de la dépression. Si seulement il était à Marseille, une virée salutaire avec ses potes, chez Toine* par exemple, du côté de l'Estaque.

Il y a deux mois tout juste, il ignorait jusqu'au nom de ce bled paumé. Son existence ronronnait doucement entre conformisme et quelques soirées déjantées. Un bureau à Marseille adossé à la Canebière — un boulot peinard, version assurances et compagnie, avec un boss pas trop regardant qui semblait lui faire confiance. Marié il y a cinq ans à une femme charmante et pleine aux as, quelques bons amis... Que pouvait-il souhaiter de plus ? Ah oui ! j'allais oublier Graziella, sa maîtresse depuis près d'un an... la jolie Graziella.

La chose s'était faite naturellement sans véritable provocation, ni préméditation. Certains événements paraissent inéluctables, la promiscuité d'un instant, un coup de chaleur, la trique. Et Marc avait une attirance particulière pour la fière arrogance que dégagent la plupart des Italiennes. La chevelure d'un noir profond flottant jusqu'au bas

Un des rares barmans, anesthésiste du cerveau, qui en deux trois de ses concoctions, est capable de récurer toute la pourriture emmagasinée dans nos petites têtes, encombrées par un incessant cortège de contraintes, d'idées noires et de dénis.

du dos, des yeux sombres pétillants de malice et un petit nez retroussé. Le combat de Marc contre sa conscience fut ce soir-là, de courte durée et de pur principe. Et puis les choses s'étaient gâtées.

Perdu dans ses pensées, Marc avait parcouru près de cinq kilomètres sans s'en rendre compte, ça faisait froid dans le dos. La pluie, toujours la pluie, le contraignit à un violent coup de frein pour éviter un piéton rendu invisible par le rideau d'eau. Marc goûta malgré lui aux joies de l'aquaplaning et la voiture en travers, il hurla :

— Eh papa ! on a l'âme suicidaire ou on a picolé ?

— Connard ! tu peux pas regarder où tu vas ?

Ces quelques civilités échangées, il poursuivit sa route. Cinq minutes encore et il serait chez lui.

Ce détour par le bureau n'avait pas été sa meilleure idée, mais il avait égaré son portefeuille et sans ses papiers, il avait toujours une certaine appréhension, un vague sentiment d'insécurité. Un t.o.c à la con.

Toute la semaine, il avait joué une minable partie de cache-cache avec Graziella afin de ne pas se retrouver seul avec elle. Il avait préféré éviter toute confrontation. Comment lui annoncer qu'il annulait son réveillon avec elle ? Comment déclarer sa défection à ce tête-à-tête promis depuis des lustres ? Il avait tourné autour du pot et s'était finalement déballonné, optant pour un pitoyable silence et une explication de dernière minute.

Comble de la lâcheté, aussitôt réunis, occultant les préliminaires et sa mauvaise conscience, il n'avait pu s'empêcher de lui faire l'amour. Un échange bestial, sans retenues, qui laisse des marques sur la peau et un soupçon de vague à l'âme.

Graziella y avait vu les prémices d'une soirée exceptionnelle. Elle avait bien le temps de réclamer des caresses, la nuit était à eux.

Puis vint l'instant tant redouté où il déballa son sac et l'inévitable dispute éclata. Il avait choisi de rejoindre sa femme pour le traditionnel réveillon familial même si pour lui, la chose se résumait à quelques sourires convenus à l'intention de belle-maman, et une écoute distraite des rengaines et autres poncifs de beau papa. Le tout ponctué d'un bon millier de bâillements... Il frissonna.

« Je suis vraiment qu'un pauv' con ! » mugit-il, tout en exécutant un créneau laborieux .

Et pourtant, il l'aimait bien sa Graziella.

2.
Ouais, ouais, je prends une douche

Fin prête, Laura était sur le point de mettre son manteau et sortir, lorsqu'elle entendit les pas de Marc dans l'entrée.

— Tu es en retard mon chéri ! Nous allons partir sans toi, tu nous rejoindras chez maman. De plus, je dois faire un saut jusqu'au commissariat pour la surveillance de la maison. Tu sais, cette publicité dont je t'ai parlé ? Pour une somme ridicule, ils font une ronde devant chez toi, toutes les trois heures... Tu leur laisses un double de clefs et tu pars pour le week-end, tranquille. Avec toute cette insécurité... Tu m'écoutes Marc ?

— Ouais, ouais, je prends une douche, je me change et je vous retrouve chez tes parents. C'est parfait ! marmonna-t-il esquissant un bref sourire qui sous-entendait : magnifique ! je vais avoir une bonne heure pour ma pomme, pour décompresser un poil.

Laura se regarda une ultime fois dans le vaste miroir du salon, afficha une moue mi-boudeuse, mi-compatissante et s'affubla du dernier chapeau à la mode qui de son point de vue, était la touche indispensable aux femmes du monde. Laura n'était pas d'une beauté classique. Elle venait d'avoir trente-deux ans, grande et élancée, la démarche souple, on ne pouvait s'empêcher en l'observant, de penser à une gazelle. Ses tenues frisant l'austérité étaient d'une qualité et d'un goût irréprochables, mais ne laissaient pas s'exprimer, ses formes avantageuses — digne héritage d'une éducation chez les sœurs.

Ses seules extravagances étaient les chapeaux qui mettaient en valeur son joli minois et accentuaient son regard profond et intelligent. De plus, elle avait le port de tête altier et une classe naturelle issus directement d'une longue lignée de nobliaux, avec ou sans particule qui avait su conserver leur fortune — ce dont elle était très fière.

Marc se débarrassa rapidement de ses affaires imbibées et se dirigea vers la salle de bain à l'étage. Il augmenta le chauffage et actionna les robinets, laissant se répandre à grand bruit, un torrent d'eau chaude. Il avait finalement décidé de s'abandonner à la douce torpeur que procurent les jets de massage.

« Si je me jetais un petit whisky ? pensa-t-il, je vais me gêner ! » et il exécuta un petit saut de contentement. Il enfila ses pantoufles ridicules - un cadeau de sa femme qui le voulait plus casanier - et se mit en devoir de rejoindre la cave où il avait planqué une bonne bouteille. Depuis sa dernière cuite, Laura avait décrété la prohibition et la seule trace d'alcool dans toute la maison était contenue dans un flacon de vinaigre, du moins le croyait-elle. Il éclata d'un rire méphistophélique et prit la direction de l'antre providentielle.

Laura saisit ses clefs de voiture et traversa le salon, sans oublier de remettre en place la photo où on pouvait la voir, avec son ex-mari et son fils Paul André, encore bébé. Marc ne manquait pas une occasion de retourner le cadre face au mur, car il supportait assez mal, la présence dérangeante de cet abruti à l'air cynique qui semblait lui rappeler chaque jour qu'il avait baisé Laura avant lui.

La porte du couloir donnait directement sur la cave, juste une vingtaine de marches pour rejoindre le cul de basse-fosse et il pourrait déguster le précieux breuvage, sans personne, dégun pour lui prendre la tête. Il s'engagea sur la première marche et actionna l'interrupteur :

« Merde ! chier ! l'ampoule est encore grillée. »

Personne n'avait pensé à la remplacer, il était bien rare que quelqu'un descende dans cette oubliette aux allures de pandémonium. Il récupéra un briquet, pour le moins bienvenu, errant sur une étagère poussiéreuse, bien décidé à poursuivre sa quête du Graal. Marc prit soin de garder la porte grande ouverte, laissant filtrer la lumière du couloir et s'engagea dans l'escalier qui gémit sous son poids. La bouteille était enfouie sous un tonneau et quelques planches vermoulues, il se mit donc à genoux, puis à plat ventre : enfin il touchait au but, du bout des doigts.

« Paul-André ! Paul-André, mon chéri, nous partons. Marc prend un bain, il nous rejoindra plus tard. Ferme bien toutes les portes derrière toi, je sens un courant d'air glacial. »

Le jeune garçon quitta sa chambre en courant, attrapa sa veste au passage et donna un grand coup de pied dans la porte du couloir qui vint s'écraser lourdement sur son montant. Laura l'attendait déjà sur le perron.

Marc n'eut que le temps de penser :

« Qui est le con qui a fermé la... ? »

Et dans sa colère, oubliant son inconfortable position, sa tête frappa le socle métallique où s'appuyait le fût. Il lâcha le briquet et ce fut le trou noir.

3.
La surveillance de mon pavillon

Laura dut se résigner à garer sa voiture, un gros 4x4, sur le trottoir, en face du commissariat. Les parkings étaient décidément trop loin et elle opta pour la solution la moins contraignante. Bondissant du véhicule comme à son habitude, elle gratifia d'un grand sourire contrit, le jeune homme en faction devant le poste et lui lança :

« J'en ai pour une minute ! vous êtes gentil, mon fils est resté dans la voiture. »

Et elle entra sans attendre, dans le modeste bâtiment, sous le regard désarmé de l'homme qui ne trouva rien à dire. Après tout, c'est pas tous les jours fête. La vétusté des locaux et le calme apparent, n'en dénotait pas moins une activité qui devait être intense, les autres jours de semaine.

« Comme si les malfaisants de tous bords s'accordaient aussi une pause » pensa Laura.

Des tonnes de dossiers étaient empilées çà et là, le sol était maculé de boue et la pièce exiguë qui servait de hall, empestait la cigarette.

« Madame, que puis-je faire pour vous ?

Un petit homme rondouillard et au teint rougeaud venait de surgir de la salle voisine. Il portait de grosses lunettes rondes qui accentuaient son regard d'aigle. Certainement pas le chef, se dit Laura.

— Bonsoir ! je souhaiterais que vous assuriez la surveillance de mon pavillon durant la semaine à venir, à compter de ce soir si ce n'est pas trop tard ? Vous me comprenez, j'en suis sûre... avec tous ces vols, j'aurai l'esprit plus libre. Vous est-il possible de me renseigner ?

— Tout à fait ! Je vais vous donner un formulaire à remplir où vous aurez tous les détails de nos interventions. Inscrivez en clair vos coordonnés et toutes autres remarques que vous voudriez porter à notre connaissance et qui pourront nous aider.
Comme... un animal à l'intérieur, une femme de ménage... enfin, vous voyez ? Si vous voulez vous asseoir dans le bureau d'à côté, vous serez plus à l'aise.

« Courtois et qui sait s'exprimer, c'est si rare de nos jours » songea-t-elle, en le suivant dans l'autre pièce, toute aussi encombrée.

La formalité accomplie, elle quitta le bâtiment précipitamment, sans omettre pourtant, un nouveau sourire et un : « Vous êtes adorable ! » au jeune stagiaire qui toujours à son poste devait se les cailler ferme.

Elle grimpa dans son véhicule et embrassa un Paul- André boudeur, pour le remercier de sa patience. Il lui fallait maintenant quarante minutes pour rejoindre la grande banlieue parisienne où ses parents avaient fait l'acquisition d'une vaste propriété, il y a quelques mois. Ces trois dernières semaines avaient été interminables et elle avait des milliers de choses à raconter à sa mère. Marc avait promis de les retrouver plus tard, pourtant elle aurait parié qu'il inventerait n'importe quoi pour passer la soirée avec sa petite salope de secrétaire.

Décidément, cet exil loin de Marseille, avait du bon. Son mari redevenait raisonnable. Elle prit son ticket d'autoroute, se cala à 150 sur la file de gauche — encore trente minutes.

4.
Trois minutes à peine

Gros Bill était d'humeur ombrageuse, il détestait travailler les dimanches et jours de fête. Bien que son boulot ne laisse que très peu de place aux états d'âme et aux sensibilités exacerbées, il était passablement contrarié.

À la vue des quelques photos de la jeune femme qu'il devait « bousculer », il avait blêmi. C'était le portrait craché de sa petite sœur disparue deux ans plus tôt, dans un accident de voiture.

Gros Bill, Robert de son vrai prénom, avait failli refuser le contrat, mais les temps étaient durs, et plus encore dans sa profession.

« Ah putain ! Où va le monde ? » gémit-il.

Sans compter que sa dernière expérience ne l'avait pas franchement enchanté non plus. Harceler un petit vieux, un bouseux, pour qu'il lâche ses terrains à des promoteurs véreux et des politiciens corrompus jusqu'à la moelle, n'était pas l'idée qu'il se faisait du métier.

Liquider un pourri qui emmerdait tout le monde : ça, c'était du travail sérieux. Un proxo à la main leste — un épandeur de crack ou de méthadone — un violeur d'enfants... OK ! c'est tout bon ! Mais, faire chier un pauvre type pour qu'il finisse malencontreusement au fond d'un puits...

Bien ! ça faisait partie des aléas du job pour lequel il était grassement payé, certes. Mais, toute cette merde manquait franchement d'éthique et cruellement de panache. Il était grand temps pour lui d'envisager une reconversion. Un boulot de vigile peut-être ?

Lorsqu'il pénétra dans le vaste bureau, Graziella était de dos, remettant de l'ordre dans sa coiffure. Il avait attendu plus d'une heure, dans une espèce de placard à balai, qu'un importun veuille bien vider les lieux. Son seul souhait était d'en finir au plus vite. Lorsqu'elle aperçut le molosse, Graziella fit un bond sur elle même, mais se ressaisit aussitôt

— Qui êtes-vous et que faites-vous là ? Les bureaux sont fermés depuis plus d'une heure et il vous faudra repasser à la rentrée, grogna-t-elle, déçue.

— Ne vous énervez pas ! ma p'tite dame, j'ai à vous parler.

— De quoi pourrions-nous parler, on se connaît ? Et en plus, je suis pressée.

— Si vous êtes bien sage et compréhensive, j'en ai juste pour quelques minutes. Il s'agit de monsieur Marc Grangier.

À l'évocation du nom de Marc, un frisson lui parcourut le dos, de bas en haut.

— Qu'est ce que Marc vient faire dans cette histoire ?

Gros Bill fit un pas en avant — un pas de trop. Graziella se mit à hurler...
La scène qui suit est assez sordide : Un semblant de lutte bien inégale — un cou fin d'une pâleur sublime et des mains épaisses comme des battoirs — et surtout des cris et des appels à l'aide auxquels il faut mettre un terme.

Trois minutes à peine et le corps sans vie de la jeune femme gisait au milieu de la pièce. Écœuré, gros Bill remonta son pardessus et s'empressa de quitter les funestes locaux.

Chez lui, sa femme et ses deux enfants l'attendaient pour déguster la traditionnelle dinde aux marrons. Redevenu Robert, il s'avérait être très à cheval sur les convenances. La famille pour lui ce n'était pas qu'une question de valeurs, mais une question d'idiosyncrasie.

5.
Everest pour escargots

Ce fut le froid et une douleur lancinante sur le sommet du crâne qui extirpèrent Marc des limbes vers sa triste réalité. Il s'assit à peu près aussi vite qu'un panda paraplégique et fut pris de violents vertiges.

« Enfoiré ! j'ai pas encore bu une goutte, et déjà j'en tire tous les bénéfices » gémit-il.

Il réajusta tant bien que mal son peignoir de bain autour de sa taille, il respira profondément afin de se remettre les idées en place et s'efforça d'ignorer le fait qu'il claquait des dents.

En tout premier lieu, il fallait qu'il se relève tout doucement en cherchant un appui.

Secundo : Qu'il trouve les escaliers.

Tertio : Qu'il quitte cette putain de cave, froide comme un tombeau.

Il explora le sol à tâtons, à la recherche du briquet, sans grand succès. Il abandonna presque aussitôt, n'étant pas franchement emballé par une autre partie de cache-cache à la con.

S'agrippant au robinet, il se releva à moitié et fut accablé de nouveaux vertiges — il retomba comme une masse et attendit résigné, la fin de son tour de manège. Malgré une douleur insupportable, de type sinusite mariée à une rage de dents, il essaya de se remémorer le plan approximatif du sous-sol et surtout, la disposition de tous les objets entassés pêle-mêle, qu'il s'était promis de ranger un jour ou l'autre. En gros évaluer et localiser le bordel.

Là aussi, il abandonna bien vite toute supputation, et une autre question vint chevaucher la première :

« Combien de temps ai-je été inconscient ? » songea-t-il en grimaçant, comme si le seul fait d'envisager un calcul lui tordait la cervelle.

Il fallait qu'il appelle Laura pour lui raconter sa mésaventure. Cela lui donnerait un bon prétexte pour filer dare-dare se coucher et échapper à ce réveillon cauchemardesque. Il décida de se rendre au pied de l'escalier, à quatre pattes. Le peignoir glissa et il se retrouva le cul à l'air, et dans la plus grande dignité, il effectua les premiers mètres sans encombre, juste avant de croiser la route d'un objet lourd et métallique, qu'il vint saluer de la tête.

La douleur fut... comment dire ? ... bref ! elle fut — il serra les dents et ne put retenir quelques larmes, mélange de souffrances et de rage.

Dix minutes plus tard, un siècle pour Marc, il contourna l'obstacle pour parvenir enfin aux pieds des marches.

« Allez mon kiki ! c'est pas la mer à boire. »

Fort de ses encouragements, il entreprit l'ascension de son Everest pour escargots, qu'il gravit à sa grande surprise, d'une traite. Malgré une violente envie de vomir et les genoux râpés, il n'était pas fâché d'en terminer avec cette embrouille minablo-consternante digne du pire soap opéra* américain.

Retrouvant la position du bipède apparenté grand singe, il tourna la poignée et tira sur la porte.

Une fois, deux fois, une troisième fois avec fureur... il fallait se rendre à l'évidence, le loquet ou une autre niaiserie pernicieuse du genre et dont il ignorait le nom, devait s'être cassée, rompue, disloquée. La porte était bloquée, il était coincé dans cet hypogée.

---

* Roman savon pour le Québécois qui a bien compris le rôle prépondérant du savon pour faire passer cette daube indigeste.

6.
Un succès presque total

Laura était arrivée depuis près de deux heures et toujours pas de Marc. Elle avait bien essayé de téléphoner, pour lui sonner les cloches, mais pas de réponses — il était donc en route.

Paul-André jouait avec son grand-père qui pour l'occasion, avait sorti de sa vitrine, son « inestimable » collection de soldats de plomb, précieux vestige de son enfance. Une ludothèque à laquelle il tenait plus qu'à sa femme, son chien ou son anus artificiel, c'est vous dire !

Laissant notre original reproduire la bataille de Waterloo, morne plaine, Laura avait profité d'un moment d'intimité avec Marthe, sa mère, en palabres, commérages et autres verbiages. Marc en étant le thème central, il se retrouva fort bien habillé pour l'hiver. Un comble, lorsqu'on y pense, lui qui frisait l'hypothermie, à poil dans sa cave. Marthe était une femme longiligne, au regard sévère et à l'aspect toujours impeccable. Et bien qu'elle eut dépassé le cap Horn de la cinquantaine, on lui accordait encore volontiers, un certain charme. De toute évidence, elle avait du faire tourner pas mal de têtes, dans sa jeunesse. En fait, peu de gens savaient qu'à dix-huit ans à peine, les hommes l'appelaient: « La Gourmande », allez comprendre pourquoi ?

Aujourd'hui, elle représentait l'image même de la bourgeoise hautaine, intelligente et fortunée . Suffisamment pour se sentir supérieure à la masse, qu'elle traitait avec mépris comme un troupeau de propres à rien, qu'il fallait absolument diriger pour éviter qu'il ne se jette dans le gouffre. Fière de sa position, elle avait su faire fructifier son argent, avec maestria, grâce à d'audacieux placements et des transactions douteuses. Business is business, aussi avait-elle gardé de nombreuses relations dans divers milieux, des plus limpides, aux plus opaques. N'ayons pas peur de dire qu'auprès d'elle, son mari passait pour un véritable crétin. D'origine modeste, il n'avait aucune disposition pour frayer avec de tristes sires, il laissait cela à d'autres, le rôle du simplet semblait le satisfaire.

« À quoi bon ? » était son aphorisme favori, il s'en délectait souvent au détour d'une phrase coupant court ainsi à toute discussion.

Marthe connaissait bien le patron de Marc et lorsque Laura avait souhaité éloigner son mari du vieux port, et de l'influence néfaste de ses soi-disant amis épicuriens, un simple dîner avait suffi à éliminer la petite contrariété. Ce ramassis de poivrots et de fornicateurs pouvait mettre en péril le mariage de sa fille, aussi sous le fallacieux prétexte d'une promotion opportune, Marc s'était retrouvé catapulté au fin fond du Grand Nord, en Auvergne.

« Dans un ou deux ans, tu seras chef d'agence, avait-elle précisé — et vous reviendrez vous installer à Marseille, si ça vous chante. »

Un succès presque total pour les deux intrigantes. Une seule ombre au tableau, mais de taille, Marc avait emmené Graziella dans ses bagages. Les choses avaient été trop précipitées pour l'en empêcher et aucun motif n'avait été suffisant pour qu'on l'en dissuade, du moins sans éveiller de soupçons.

Laura regarda à nouveau sa montre, 21 h 10, Marc exagérait. S'il ne venait pas... ça lui coûterait cher.

« Non ! il n'oserait pas, il a sans doute posé un lapin à sa petite pétasse » marmonna-t-elle en se mordant la lèvre.

Et avec une gaieté soudainement retrouvée, elle prit sa mère par la taille et elles allèrent se servir un verre dans le salon, sous l'œil du naïf qui n'en pensait pas moins.

7.
R.A.S. : Allez on se casse !

Allez branleur ! bouge ton gros popotin et descends de cette bagnole. On est payé pour surveiller les palaces des bourges, alors prends ton carnet et rapplique.

— Ouais, ouais ! ça va. Il est 1 heure du mat', la moitié des gens normaux font la fête, les autres sont au plumard bien au chaud et moi, je dois me coltiner un vieux con qui fait du zèle et en plus de cela...

— Ta gueule Fred ! t'es fatigant à la fin.
Allez note : 1 h 15 — Pas de lumière — La porte et les fenêtres sont fermées — Aucun bruit suspect — R.A.S. : allez on se casse !

— Je le note aussi chef ?

— T'es un marrant Fred, tu sais ? j'en ai mal au ventre. Monte ou je sens qu'il va y avoir une bavure. J'ai déjà les gros titres : « Un tragique accident ! Il prend un chargeur entier dans la bouche alors qu'il nettoyait son arme. »

— Allez démarre va ! pauvre taré ! il nous reste cinq pavillons à reluquer... Tiens ! tu veux un chocolat ?

— Volontiers !... T'aimes les huîtres toi ?

— Pas trop ! je préfère une bonne moule bien fraîche.

— Putain Fred ! t'es trop con, pas moyen d'être sérieux deux secondes avec toi. Bouffe tes chocolats et ferme-la ! ça me fera des vacances.

Une ronde, somme toute, bien banale. Dormez sur vos deux oreilles, braves gens et sachez que l'ordre règne, partout où il ne se passe rien.

8.
Un drôle de Noël pour toi aussi

Marc para à la première urgence, lutter contre le froid. Il se mit donc en quête de n'importe quel morceau de tissu, chiffon, oripeau, carton d'emballage qui put lui apporter quelques degrés. Après de longues minutes à côtoyer les araignées et autres bestioles écœurantes, dont il avait une sainte horreur, il s'enroula dans une grande bâche en plastique, ramassa, ce qui devait être un gros tournevis et gravit à nouveau les escaliers laissant traîner derrière lui, sa magnifique robe d'apparat.

Recroquevillé contre la porte, il s'accorda une pause et en profita pour se masser les pieds dont il n'avait plus de nouvelles depuis belle lurette, malgré ses pantoufles à tête de Mickey. Son sang faisant un come-back très apprécié par ses orteils, il s'attaqua au verrou avec l'outil providentiel en s'efforçant de faire levier. Appuyant de toutes ses forces, il perçut un léger souffle chaud se faufilant par un maigre interstice. Le verrou semblait lutter, mais trouvant plus fort que lui, il céda dans un dernier effort, et la porte valdingua contre le mur. Marc à bout de force, poussa un étrange meuglement, entre douleur et rage, qui aurait fort émoustillé une femelle yack.

Mais laissant de côté ses nouveaux talents d'imitateur, il écrasa l'interrupteur et envoya paître l'immonde bâche, qui était en fait, un vieux rideau de douche, ainsi que le peignoir maculé de graisse et autres horreurs dont il refusait de connaître l'origine. Déambulant à poil jusqu'à sa chambre, il croisa du regard, sa pauvre verge rabougrie qui pointait timidement son nez, au milieu des poils.

« Eh ben, ma belle ! c'est un drôle de Noël pour toi aussi » lança-t-il à haute voix.

Ayant retrouvé un brin de décence et une température acceptable, il prit connaissance de l'heure : 1 h 15.

« Putain ! je suis resté presque cinq heures dans ce congélateur. J'arrive pas à le croire ! Un peu tard pour appeler Laura, réfléchit-il, et en plus, mieux vaut que je m'explique de vive voix en lui montrant ma bosse parce que l'histoire est trop conne pour qu'elle me croit par téléphone. J'ai plutôt intérêt à soigner ma défense, si je veux pas avoir droit à un monumental tirage de gueule et un abonnement permanent pour le canapé ... »

Le monologue fut interrompu par un bruit d'eau qu'il avait ignoré jusqu'à maintenant et qui vint glouglouter à ses oreilles.

« Merde ! la baignoire » et il fila à vive allure vers la salle de bain.

9.
Le cauchemar continue !

Fred, bien que très occupé à déshabiller un chocolat de son papier pégueux, avait immédiatement remarqué la lumière qui avait brusquement inondé une des pièces du pavillon.

— Stoppe ! stoppe, Marcel ! regarde, ça vient de s'allumer.

Marcel écrasa la pédale de son petit 44 fillette, et la voiture s'immobilisa dans un couinement d'amortisseurs contrariés.

— Putain ! t'as raison ; c'est quoi ce bordel... allez arrive, on va voir ça de plus près.

Les deux hommes abandonnèrent la vieille Peugeot, au petit trot, pas mécontents de se dégourdir les pattes, grâce à un peu d'imprévu. Farfouillant dans ses poches, Marcel se saisit des clefs de la villa, facilement reconnaissables à son pendentif bariolé. Fred posa une main agitée sur son arme, à la recherche d'un contact familier et rassurant tandis que le penne jouait déjà dans la serrure. Marcel poussa la porte avec précaution et leur première vision fut celle d'un homme qui gravissait l'escalier en toute hâte.

— Eh vous là-bas ! ne bougez plus. Mettez les mains sur la tête et veuillez avancer vers nous et surtout, pas de gestes brusques.

« Le cauchemar continue ! » pensa Marc, la bouche en cul de poule comme singeant un surréaliste tableau de Dali.

— Qu'est-ce que vous me voulez ? bredouilla-t-il enfin.

— C'est nous qui posons les questions ! rétorqua Fred à la manière d'un Starsky d'opérette.

— Police de proximité, qui êtes-vous ? Et veuillez nous présenter vos papiers, lança Marcel d'une voix monocorde.

— Aaaah oui ! c'est pour la surveillance de la maison ; tout s'explique. Je comprends mieux, vous m'avez pris pour un cambrioleur, Marc éclata d'un rire nerveux, je suis chez moi, j'habite ici, tout va bien, messieurs.

— Nous sommes tout prêts à vous croire, mais présentez-nous vos papiers.

— Bien volontiers ! mais, vous allez rire, j'arrive plus à mettre la main dessus, j'ai dû les égarer.

— Vous avez bien un permis, quelque chose ? vous avez fait une déclaration de perte ou de vol ?

— Non, non ! j'ai paumé mon portefeuille hier ; je travaille chez Pavois, le cabinet d'assurances, vous connaissez ? j'ai dû le laisser là bas.

— C'est plutôt gênant, grogna Marcel, vous allez devoir nous suivre au poste pour une vérification.

— Mais non ! écoutez, j'habite ici avec ma femme et mon fils, allons soyons sérieux.

— C'est votre femme ? Lança Fred, montrant le fameux cadre qui trônait dans le salon.

— Oui ! c'est Laura avec mon fils.

— Alors c'est qui le type à côté d'elle ?

— C'est rien putain ! c'est son ex-mari. Mais ça n'a rien à voir.

— Ouais ! ouais, c'est ça et moi, je suis Colombo. Fred passe y les pinces.

— Mais lâchez-moi bordel ! c'est une regrettable erreur, je vous dis.

— Suivez-nous sans faire d'esclandre et si ce que vous nous dites est vrai, dans une heure vous serez de retour chez vous, avec en prime, mes plus plates excuses. Allez Fred ! embarque-le et qu'on en finisse. »

Marc enfila ses chaussures encore humides, il aurait donné un œil pour une copieuse rasade de whisky. Maintenant son sang afflué vers ses tempes de façon tonitruante et il sentit revenir au grand galop, son violent mal de crâne.

À peine installés dans la voiture et la radio grésilla, laissant entendre une voix nasillarde passablement surexcitée. Fred se signala.

« Marcel, Fred ! putain, mais qu'est ce que vous foutiez ? y'a eu un meurtre dans le centre. Chez Pavois, l'assureur. Une jeune femme aurait été étranglée. Le commissaire est d'une humeur de chiotte et il vous attend sur place.

— C'est bon René ! on rapplique, mais d'abord, on doit passer au poste, on a un colis pour toi.

— O.K , bien reçu. Mais grouillez-vous. »

Marc, à l'annonce du message radio, fut secoué par de violents tremblements accompagnés de nausées — une seule pensée lui triturait les méninges : Mon Dieu ! faites que ce ne soit pas Graziella, s'il vous plait ! pas elle.

Une fois parvenus au commissariat, les contrariétés se succédèrent exponentiellement. Certes, l'identité de Marc fut confirmée au bout de quelques minutes, mais alors qu'il croyait tout penaud pouvoir regagner ses pénates, vinrent les premières questions désobligeantes, du style :

— Que faisiez-vous entre 20 h 30 et 1 h du matin ?

— La maison n'était-elle pas censée être inoccupée ?
— Vous travaillez bien chez Pavois ? ...

La tête basse, une enclume sur les épaules, fixant le linoléum lézardé, troué par les mégots, au milieu de ce tohu-bohu inaccoutumé, entre un bureau écaillé sans âge et un mur moisi couleur pisse — face à des gueules de bois à peine dissimulées ou des figures tristes et lasses, Marc eut la réponse à la question qui lui vrillait le ventre.

Graziella, sa Graziella était morte, étranglée par un fils de pute, un étron de la société, un encu...

Et alors qu'une haine acide lui brûlait la gorge et lui ravageait insidieusement l'œsophage, il prit soudain conscience qu'il ne la reverrait plus. Son visage se déforma, marquant une hideuse crispation et dans une sorte de convulsion, il éructa un sanglot.

La pression étant trop forte, il laissa de côté ses facultés cognitives pour donner libre cours à ses larmes et à sa peine.

10.
Principal suspect

Sans sommation, le radio-réveil déchira le silence et l'animateur survolté brailla d'une voix de baryton enroué qu'il était 8 h pétante. Laura ouvrit les yeux avec déplaisir, pour constater qu'elle était seule dans le grand lit à baldaquin. Sa migraine n'avait pas entièrement disparu et elle jouissait à souhait, d'un goût détestable dans la bouche.

Comme une starlette outrancière sur les marches de Cannes, Marc s'était fait attendre. Les cocktails furent servis, on plaisanta, on rit et sans ménagements, on fustigea l'absent. L'ambiance était bonne enfant, et à chaque bruit, on crut reconnaître sa voiture et ses pas sur le perron.

Mais vers 22 h, une heure tout à fait respectable pour passer à table, il fallut se rendre à l'évidence, Marc ne viendrait pas. Aussi Laura jeta-t-elle son dévolu sur à peu près tout ce qui put contenir une goutte d'alcool. Elle avait avec allant, décimé tous les vins fins qui trônaient sur la table entre les huîtres, la dinde et les treize desserts. Marthe, connaissant la sobriété de sa fille, n'avait cessé de l'observer tout au long de la soirée, d'un air compatissant. Lorsqu'aux alentours d'une heure, Laura avait soudainement décidé de bouger son corps (selon ses propres termes) entraînant son père dans une sorte de sarabande endiablée, elle comprit qu'il était grand temps de raccompagner la pauvre enfant, jusqu'à sa chambre.

« L'ivresse, passe encore ! mais gardons notre savoir-vivre et un peu de dignité » avait-elle déclamait à son mari tout guilleret qui ne s'était pas autant amusé, depuis l'enterrement de son percepteur.

Alors que tout ce méli-mélo affligeant tourbillonnait dans sa tête, l'attention de Laura fut subitement happée par le nom que le journaliste présentant les infos venait de prononcer :

Graziella Lombardi.

Fort intriguée, elle poussa le volume afin de suivre les commentaires.

« ... et une jeune femme a été retrouvée morte très tôt ce matin, dans un cabinet d'assurance du centre-ville. Le vigile qui effectuait sa ronde aurait découvert le corps sans vie, vers deux heures du matin et prévenu immédiatement la police. Nous rappelons que d'après les tout premiers éléments de l'enquête, il s'agirait de mademoiselle Graziella

Lombardi, qui faisait partie du personnel de la compagnie et qui aurait été sauvagement étranglée. Une plainte pour homicide a été déposée et l'on attend, d'une minute à l'autre, l'arrivée du substitut du procureur qui... »

Laura coupa la radio, assise sur son lit, elle tremblait de tous ses membres.

« Graziella ! Graziella était morte ? »

Et elle pensa aussitôt à Marc, comment ne pas faire le lien ? Presque malgré elle, des larmes inondèrent ses joues et elle se laissa aller pendant quelques minutes ; puis retrouvant un calme apparent, elle disparut dans la salle de bain.

Bien que d'une pâleur extrême, elle occulta le maquillage et se concentra sur sa coiffure puis enfila à la hâte, des habits confortables. Tout en cherchant son sac et ses clefs de voiture, elle griffonna quelques mots à l'attention de Marthe :

« Maman, je dois rentrer immédiatement - je crois que Marc a des ennuis. Je t'appelle. Laura. »

Il était aux alentours de 10 h lorsqu'elle franchit les portes du commissariat. Elle savait par la radio étonnement bien informée, que Marc était entendu en ce moment même par le procureur, pour faire suite à une surprenante arrestation dans la nuit, seulement quelques heures après le drame. Laura prit trois profondes inspirations et franchit la porte, déterminée à en finir le plus rapidement possible.

Malgré ses traits tirés et ses vêtements froissés qu'elle avait enfilés à la hâte, son air farouche et volontaire la rendait extrêmement attirante. Aussi lorsqu'elle entra, la tête haute et le buste bien droit, tous les regards convergèrent sur sa silhouette.

« Bonjour, je suis madame Grangier, je voudrais parler à mon mari, s'il vous plaît — notre avocat devrait arriver d'une minute à l'autre et nous pourrons dissiper ce... malentendu.

Le commissaire Manconi, un vieux de la vieille, la détailla pendant quelques secondes avec un sourire en coin qu'il ne sortait que pour les grandes occasions. Puis tendant le bras, il l'invita à le suivre dans son bureau. Presque comme tout le bâtiment, la pièce était minable. La seule exception avec le reste, il y reniait un ordre presque surnaturel qui avait la fâcheuse tendance à rendre mal à l'aise.

— Désirez-vous un café ? Madame Grangier. Asseyez-vous, je vous en prie !

Manconi de dos, servit deux belles tasses — sans sucre pour elle et trois pour son propre compte. J'en suis au moins à mon dixième, pensa-t-il, avec consternation.

— Madame Grangier, je ne crois pas qu'il s'agisse d'un malentendu, l'affaire est plus sérieuse que vous ne pouvez le croire. Une jeune femme a été assassinée et votre mari, pour l'instant, est notre principal suspect.

— Mais c'est ridicule voyons ! Marc ne ferait pas de mal à une mouche.

— Écoutez, Madame, j'ai des révélations pénibles à vous faire, mais, à ce stade de l'enquête, il est nécessaire que vous soyez au courant. (Il hésita un instant semblant chercher ses mots.)

Votre mari nous a avoué qu'il avait une relation avec la victime, Mademoiselle Lombardi — et depuis plusieurs mois. Nous avons retrouvé ses empreintes, un peu partout autour de la morte, ce qui peut encore s'expliquer, mais... la chose la plus grave, c'est qu'un témoin l'a vu quitter les bureaux hier soir, vers 18 h.. Ce qui correspond, d'après ce que nous savons, à l'heure du crime.

Laura se mordit la lèvre supérieure, l'affaire était effectivement plus grave qu'elle ne le pensait. Un silence pesant inonda la pièce et elle termina le curieux breuvage qui s'apparentait à tout, sauf à du café. De toute évidence Manconi attendait sa réaction.

— J'étais au courant, bien sûr, pour Marc et mademoiselle Lombardi, l'histoire ne date pas d'hier en effet. Mais quoi que vous puissiez en penser, j'aime mon mari même si comme tous les hommes, il a ses faiblesses. Ça n'en fait pas pour cela un tueur. »

La réplique tomba cinglante à la manière d'un soufflet d'antan et Manconi eut du mal à retenir un gloussement. Cette femme était vraiment surprenante et il devrait s'en méfier, car elle irait sans aucun scrupule, jusqu'au parjure, pour protéger son couple.

La joute verbale dura près de 30 minutes et dès l'arrivée de son avocat, Laura décida de prendre un peu de repos et surtout elle se devait de prévenir sa mère. Elle saurait certainement quoi faire, tout du moins l'attitude à adopter. Marc était en garde à vue et attendait son transfert à la prison du canton. Elle n'avait pas été autorisée à lui parler et c'était la chose qui la dérangeait le plus. Un doute panique l'envahit. Dans les yeux de son mari, elle aurait trouvé à l'évidence la réponse à la question qui la tenaillait. Elle aurait su – le pauvre chou ne connaissait rien au mensonge.

Marc n'avait pas d'alibi, il était sur les lieux du crime et la femme de ménage, cette petite sotte, avait même cru entendre des bribes d'une violente dispute. Si rien de probant ne venait s'ajouter au dossier, elle ne donnait pas cher de ses chances.

« Courage ma grande ! grogna-t-elle, il faut te ressaisir. »

Puis s'adressant à Marc :

« On va te sortir de là mon chéri ! »

Et avec la rage d'une bête blessée, elle fit hurlait le moteur du 4x4 et démarra telle une furie.

11.
Comme une chrysalide

Le jour de l'audience, le dossier de Marc était aussi plat qu'un discours politique. Les éléments en faveur de sa défense étaient bien maigres, personne n'ayant pris au sérieux son épisode dans la cave, en dépit de nombreuses traces prouvant son passage. L'avocat de la famille, Maître Rombier, avait vivement recommandé à son client de plaider coupable. Il n'avait pas de casier et pour un crime passionnel, il s'en tirerait avec cinq ans - dans trois ans, tout au plus, il serait dehors pour bonne conduite. Marc avait refusé catégoriquement, il était un salaud, peut-être ? Mais pas un criminel.

Par son entêtement à nier l'évidence et ses colères répétitives, il se mit à dos la plupart des jurés qui montrèrent dès lors une véritable empathie pour cette pauvre Graziella qui aurait eu tout l'avenir devant elle.

L'avocat essaya à diverses reprises d'évoquer la possibilité d'une tierce personne, mais en vain.

Pas de traces d'effraction, aucun objet volé, pas d'empreintes, pas de sperme révélateur, hormis celui de Marc...

Rien, rien de rien, et le verdict tomba comme la pub au milieu du film, ennuyeux et sans surprise.

« Vingt ans de réclusion, dont dix incompressibles. Aucune circonstance atténuante n'a été retenue par les jurés... » hurla le président dans un brouhaha général émanant d'individus fort désireux de vaquer à d'autres occupations.

Marc sembla se résigner et on le vit se replier sur lui même, comme une chrysalide faisant chemin inverse pour retourner dans son cocon. Il rentra dans un état de prostration effrayante, certains affirment qu'il n'ouvrit plus la bouche qu'en de rares occasions.

Laura fut accablée de chagrin.

Sa mère, Marthe resta impassible et son mari tout guilleret.

Quant à Paul-André, il prit la nouvelle avec une indifférence à faire blêmir un mort. Pour lui, Marc demeurait un étranger qui accaparait sa mère. Le gêneur était donc écarté.

Dès le lendemain, bien qu'ayant fait les gros titres la veille, même la presse locale se désintéressa de l'affaire. La sordide mésaventure sombra aux oubliettes, détrônait par une détestable histoire de pédophilie où se murmuraient des noms à faire culminer les ventes.

12.
Révélations

Cinq années viennent de ballotter nos petites vies avec plus ou moins de bonne fortune. Laura semble tout droit sortie du film « la nuit des morts-vivants », tant elle a pleuré et Marc a inscrit sa mille huit cent troisième croix, sur un carton qu'il a pendu sur le mur merdeux de sa cellule.

Autant dire que, si quelqu'un comme moi, tente de vous parler de nos deux tourtereaux, fuyez à toutes jambes, ça vaudra mieux.

Pour ceux qui sont encore là, en fait, Marthe nous a quittées, après presque quatre années à déambuler entre dépressions, mélancolie et mal de vivre. Une bien curieuse maladie qui s'était déclarée peu après la condamnation de Marc et la confirmation de sa peine, en appel.

Personne ne semblait bien comprendre ce désordre psychologique, pas plus les médecins que ses proches, et tous avaient fini par accepter son éloignement de la vie publique. Les seuls instants où elle paraissait reprendre goût à la vie, étaient en compagnie de sa fille et de son petit-fils, mais ces moments aussi précieux fussent-ils, n'étaient que de courte durée.

Bien évidemment retirée des affaires, elle avait négligemment laissé à son mari le rôle de capitaine, lui léguant une casquette bien trop grande pour lui. Le bateau tanguait dangereusement... Mais là n'est pas l'important.

Laura vient de quitter le cabinet de son notaire, lequel lui a remis en main propre, un pli mentionnant acrimonieusement :

De la Plus Haute Importance

Si les lettres avaient pu mordre, elles auraient œuvré à pleines dents.

D'après les dires du gros bonhomme dégoulinant de fausse compassion, sa mère attachait éminemment de prix au contenu de cette enveloppe. Elle récupère donc le mystérieux document avec les mains tremblantes et s'en retourne chez elle afin d'en prendre connaissance. Elle tient absolument à rester à l'écart du regard des nuisibles. Ne sachant à quoi s'attendre et pour faire bonne mesure, elle se remet à pleurer.

La lettre qu'elle découvre est en fait une confession, d'une dizaine de pages et chaque page comporte son lot de révélations. Après coup, Laura n'a qu'une envie, c'est de s'ouvrir les veines ou d'avaler une boite entière de petites pilules bicolores promettant un monde meilleur.

Mais, mais... il y a son fils, Paul-André, qui doit être préservé quoiqu'il advienne de cette pantalonnade nauséabonde. Aussi décide-t-elle de garder le silence et de faire comme si. L'avenir se chargerait de régler ses comptes, sans qu'on ne lui demande son avis.

Le contenu du pseudo testament peut néanmoins se résumer en quelques phrases :

Tout d'abord, Marthe fut la maîtresse de Marc et cela à deux reprises. Curieusement, malgré son propre dégoût, elle en resta secrètement amoureuse. Elle s'était laissée détrousser après avoir volontairement tenté de le séduire. Une sorte de jeu machiavélique pour l'éloigner de sa fille et éviter ainsi, un mariage peu conforme à ses aspirations. Un pathétique revers de médaille, le sempiternel coup de l'arroseur arrosé, car Marthe avait ressenti une satisfaction immense à ces ébats sordides et dès lors, elle dut lutter contre ses instincts de femme et les cris de son ventre, en un combat perdu d'avance.

Deuxième point et non des moindres, Marthe avait toujours gardé, on s'en souvient, d'étranges relations avec les milieux troubles et maffieux. Jadis, presque dans une autre vie, elle n'avait pas hésité à blanchir de grosses sommes d'argent, en échange de menus services. À l'époque elle était novice dans les affaires, mais n'avait peur de rien et affichait surtout, une ambition sans limites.

Pour résumé : la coterie lui était redevable de quelques broutilles. Marthe avait consenti sans sourciller au mariage de Laura pour une seule et unique raison : elle gardait un œil sur Marc.

Lorsqu'elle apprit qu'il trompait sa fille avec Graziella, elle entra dans une colère viscérale et ne fut plus obnubilée que par une idée : briser le couple illégitime et punir son ancien amant.

C'était elle, qui avait organisé la mutation de Marc et lorsqu'elle comprit que son plan avait échoué et que Graziella avait suivi son gendre, elle décida d'employer des moyens plus persuasifs et plus radicaux. Elle s'adressa tout naturellement à ses noires fréquentations qui ne firent aucune objection à régler leur dette. La chose était en soit, très simple, il suffisait de bousculer un tantinet, la jeune femme afin qu'elle disparaisse.

« Lui faire peur, très peur ! Je ne veux plus revoir cette petite pute et surtout, que cesse, ces coucheries avec mon gendre » avait insisté, Marthe.

Ses vœux furent exhaussés, elle ne la revit jamais, tout du moins vivante. Léger dérapage qu'elle regretta aussitôt, mais qui la poursuivit jusqu'à son dernier souffle voire plus, si l'on se penche chaque dimanche vers la croix.

Épilogue
Un bien bel article

Alex est un jeune stagiaire opiniâtre à la Nouvelle du Poitou. Il se débat avec énergie depuis près d'un an pour qu'enfin, on lui offre l'opportunité de prouver sa valeur. Pas évident lorsqu'on se voit alloué comme de juste, la rubrique nécrologique, les réunions associatives de quartiers, les concours de belote et autres kermesses qui illuminent de joie les parents et leurs angéliques progénitures.

Mais pour lui, aujourd'hui semble être le grand jour. Après une heure de palabres avec son rédacteur en chef, on va publier une de ses chroniques, enquêtes, un récit ou un fait-divers, appelez cela comme vous voudrez. En avant-dernière page, certes, entre l'horoscope et la météo, mais il s'en contente. Il faut un début à tout.

Oh ! pas de quoi envisager le Pullitzer, mais tout de même. Une bien curieuse histoire, celle d'un certain Marc qui a purgé à tort près de dix années de prison, victime d'une sombre machination.

Une histoire de cave, d'amour et de tueur sous contrat...

Une dame de petite vertu qui se fait appeler Lolo a mis au grand jour tous les détails de l'intrigue, sous l'œil incrédule et la plume hésitante de notre jeune anecdotier. Les circonstances de leur rencontre restent énigmatiques, le journaliste ne se trouvant point obliger de divulguer ses sources.

Il nous suffit de savoir, que durant leurs longs entretiens, la femme visiblement au bout du rouleau, a sorti des papiers semblant authentifier ses dires et accabler sa propre mère. Il est question désormais de rouvrir l'enquête.

Amour, mensonges, argent sale, trahisons, sexe, meurtre...

Alex a eu droit à l'intégrale des turpitudes de l'âme humaine. Le florilège de la bassesse. Un bien bel article en somme qui en délectera plus d'un.

Car en y réfléchissant bien, ce sont toujours les mêmes ingrédients que la plupart d'entre nous mélangent quotidiennement pour agrémenter l'infâme brouet de nos petites vies sans saveur.

3 petits tours et puis...

Le Chien qui rêvait de pêche à la ligne

L'action se situe au bord d'un petit étang lové entre un joli bois de hêtre outrageusement verdoyant et un coteau aux formes avantageuses, aux confins de la Creuse. Un Homme se débat désespérément dans l'eau verdâtre, ses poumons commencent à se remplir du liquide poisseux. Il remue les bras, mais sans trop de conviction, car il sait qu'il ignore tout de la nage. Ses premiers cris ont rapidement fait place à des gargouillis détestables qui rappellent avec pertinence le râle de certaines truies.

Tobby, le chien (un nom à la noix qu'il a toujours abhorré) contemple la scène avec un flegme à faire pâlir de jalousie les plus fervents admirateurs de la couronne britannique. L'homme a bien essayé de l'interpeler à deux ou trois reprises, mais...

« Toobbllyyy, Ttobbbllly, Ttttyyy... »

La bête ayant entendu durant toute sa vie « Mon Dieu, qu'il est con ce chien ! » n'a pas voulu en ces instants pénibles détromper son maitre et s'est évertuée à se soumettre aux ordres. De ce fait, il a continué d'endosser parfaitement son rôle d'abruti.

« Toobblyyy », ça sonne pas correctement, ça a un je ne sais quoi qui offense l'oreille et les siennes sont tout particulièrement belles. « Ttobbbllly, c'est pas lui. Non, c'est pas lui ! il connait son nom bon sang.

Le visage barré d'une grimace hideuse, le corps de son maitre hésite entre couler à pic et la pâle imitation d'une baudruche rougeaude.

« Cet agitateur a réussi à faire peur aux canards et aux poissons », s'insurge la bête. Bruyant à la campagne, bruyant à la ville ! Combien de fois cet odieux Tout-Puissant est-il rentré chez lui, ivre comme un soudard distribuant généreusement gifles, coups de poing, coups de pied à la volée et à tout un chacun ? Répartition équitable entre femme, enfants et Tobby aussi qui dormait paisiblement dans son panier rêvant de pêche à la ligne. Une pêche sans hameçon, bien entendu, Tobby ne ferait pas de mal à une puce, cela va de soi.

Depuis quelque temps, il y avait trop de cris et bien trop de larmes. Tobby montrait singulièrement d'adresse pour se soustraire à la foudre divine, mais il devait parfois se résoudre à se planquer sous un lit comme un vulgaire raminagrobis, minable chat de gouttière. Le plus triste, malgré tout, c'est que plus personne n'était d'humeur à emmener le chien courir autour de l'étang.

Finies les longues siestes sur le ponton écrasé de soleil, la chaleur des planches vous revigorant jusqu'à la moelle des os.

Finies, les belles matinées où le soleil levant s'accompagne de myriades d'odeurs qui caressent la truffe comme un pâté en croute.

Finies, les après-midi entiers à ne penser à rien... juste observer les poissons malicieux jouer avec le fil de la canne à pêche. Tobby aime bien les poissons depuis qu'il a vu Némo dans cette drôle de fenêtre devant laquelle chaque soir, tous les humains s'agglutinent.

Mais enfin, les choses se précisent. Le corps semble vouloir rejoindre la vase des profondeurs offrant ainsi noble pitance à toute une faune reconnaissante. Le silence reprend peu à peu tous ses droits. Encore quelques petites bulles... Bll... bll... blll...

Il était grand temps que cet importun se taise. Rien de bon ne sortait de son émonctoire. Les oreilles seront au repos et les yeux moins rouges. Calme et sérénité sont deux caractéristiques indispensables pour une bonne pratique de la pêche à la ligne.

Et dire que cela fut si simple s'étonne Tobby. L'homme au bord du ponton s'est plié en deux pour atteindre ses appâts nauséabonds rangés dans son panier — le chien a pris trois pas d'élan pour acquérir force et vitesse — il a sans ménagement percuté l'homme dans le dos, juste assez pour mettre un terme à son équilibre précaire. Le Dieu par intérim a exécuté malgré lui un plongeon tout à fait honorable et puis après...

« Toobbllyyy » pathétique !

— Tiens, mais c'est Lilas que j'aperçois sur la berge, juste en face ! » se réjouit le chien.

Lilas est une mignonne Jack Russel qui enchante parfois les après-midi de notre Tobby. La bête est vive comme le vent, joueuse jamais repue et d'humeur toujours égale. Elle jappe, gambade, se baigne et s'ébroue... Peut-être le début d'un béguin ?

Pourtant depuis peu, la petite chienne déprime au grand désarroi de Tobby. Son maitre veut à tout prix lui faire rapporter des bêtes ensanglantées, encore toutes chaudes qui exsudent avec violence des relents de peur et de mort. Des détonations qui vrillent les tympans, des odeurs de poudre, des chiens et des maitres qui hurlent... la pauvre bête en tremble encore.

Le gros homme toujours flanqué d'un énorme cigare au coin des lèvres et dispersant une transpiration aigrelette à plus de cent mètres à la ronde appelle cela : LA CHIASSE ... Enfin, je crois ?

« Est-ce que cet imposant énergumène sait nager ? » se demande Tobby.

Et la bête se recouche sur les planches encore tièdes... avec l'aide de Lilas... Il allait réfléchir.

Un grand merci à Florian pour son talent, sa verve et son érudition.

Courriel : marie.eric5555@orange.fr
retrouvez-moi sur Internet :
http://eric-marie.wix.com/ericmarie

TABLE

C'est la Faute à la Lune 11

Lucienne 75

La Concierge est dans l'Escalier 95

In Vino Véritas 119

Trois Petits Tours et puis Zonzon 135

Le Chien qui Rêvait de Pêche à la Ligne 183

193   J'ai enfin Reçu de mes Nouvelles